青鸟童书
只做对得起时间的书

Carrot Whisker
胡萝卜须

[法]儒勒·列那尔 著

张皓 译　小右 绘

北京理工大学出版社

版权专有　侵权必究

图书在版编目（CIP）数据

胡萝卜须 /（法）儒勒·列那尔著；张皓译. -- 北京：北京理工大学出版社，2022.4（2025.4 重印）
ISBN 978-7-5763-1023-8

Ⅰ.①胡… Ⅱ.①儒…②张… Ⅲ.①儿童小说—长篇小说—法国—近代 Ⅳ.① I565.84

中国版本图书馆 CIP 数据核字（2022）第 028397 号

责任编辑：封　雪	**文案编辑：**毛慧佳
责任校对：刘亚男	**责任印制：**施胜娟

出版发行 / 北京理工大学出版社有限责任公司
社　　址 / 北京市丰台区四合庄路 6 号
邮　　编 / 100070
电　　话 /（010）68944451（大众售后服务热线）
　　　　　（010）68912824（大众售后服务热线）
网　　址 / http://www.bitpress.com.cn

版 印 次 / 2025 年 4 月第 1 版第 2 次印刷
印　　刷 / 武汉林瑞升包装科技有限公司
开　　本 / 880 mm × 1230 mm　1/16
印　　张 / 12
字　　数 / 120 千字
定　　价 / 59.90 元

图书出现印装质量问题，请拨打售后服务热线，负责调换

目录
contents

鸡　001
　　　005　梦魇
对不起　007
　　　010　尿罐
兔　018
　　　020　十字镐
鼹鼠　023
　　　025　一点儿面包
一绺头发　028
　　　032　洗澡
奥诺里娜　038

	043　开水锅
没有说出来的话	048
	050　阿珈特
干活	054
	058　过年
来回	063
	066　钢笔
红脸蛋	071
	084　虱子
像布鲁特斯一样	090
	094　胡萝卜须给勒皮克先生的信和勒皮克先生给胡萝卜须的回信选辑

小屋	101
	104 教父
泉水	108
	111 李子
玛蒂尔德	114
	120 银箱
打猎	125
	129 苍蝇
第一只丘鹬	131
	134 鱼钩
银币	140

	148　个人的想法
风暴中的树叶	152
	156　反抗
最后的话	161
	168　胡萝卜须的相册

鸡

"我敢打赌,"勒皮克夫人说,"奥诺里娜准是又忘记关鸡窝门了。"

事实的确如此,只要把视线投向窗外便可以确认这一点。那里,在大院子的尽头,鸡窝门正敞开着,一个黑洞在夜色中清晰地浮现。

"费利克斯,你去关一下?"勒皮克夫人有三个孩子,她对大儿子这样说道。

"我可不是专门管鸡的。"费利克斯说。这孩子脸色苍白,看起来没精打采的,胆子也很小。

"那你呢,埃内斯蒂娜?"

"啊!我去吗?不,妈妈,我好害怕!"埃内斯蒂娜回答道,头都懒得抬一下。

兄妹俩正趴在桌上,津津有味地看书,额头都快要碰到一起了。

"唉,我犯傻了!"勒皮克夫人说,"我刚刚怎么没想到,胡萝卜须,你去关鸡窝门!"

"胡萝卜须"是她给小儿子起的昵称,因为这孩子发色棕红,脸上长了不少雀斑。这时,胡萝卜须正在桌子底下玩,他站起身,不好意思地说:"可是妈妈,我,我也害怕。"

"什么?"勒皮克夫人抬高了嗓门,"你都这么大了还害怕什么?开什么玩笑!快点儿给我去!"

"大家都知道他的胆子跟山羊一样大。"姐姐埃内斯蒂娜在一旁附和。

"他可什么都不怕。"大哥费利克斯也这么说。

听了这些恭维的话,胡萝卜须开始有些扬扬得意了,觉得如果自己不去,反倒是一种耻辱,他已经在心里跟怯懦作斗争了。为了进一步鼓动他,妈妈说再不去就要赏他一记耳光。

"那至少给我点支蜡烛照一照吧。"胡萝卜须说。

勒皮克夫人耸了耸肩,费利克斯露出了轻蔑的笑容。最后只有埃内斯蒂娜可怜他,点了支蜡烛,陪着自己的小弟弟走到了回廊尽头。

"我就在这儿等你!"埃内斯蒂娜说。

但话音刚落,一阵狂风袭(xí)来,烛光在风中不停地摇曳(yè),最终熄灭了。埃内斯蒂娜吓坏了,立马转身逃了回去。

此时,胡萝卜须也害怕极了,他双腿紧紧地贴在一起,几乎迈不动步子,在黑暗中直哆嗦。夜色正浓,伸手不见五指。这时,吹来一阵寒风,冰冷刺骨,如同冰毡(zhān)一般将他团团围住,几乎要把他卷走。胡萝卜须心想,黑暗中有多少狐狸甚至恶狼对他虎视眈(dān)眈,朝他吹寒气呢?最好还是埋头朝鸡窝的大致方向一路猛冲过去吧,彻底冲破这片黑暗。一路摸索着,他终于摸到了鸡窝的门把手。嘈杂的脚步声惊动了鸡群,惹得它们咯咯直叫。胡萝卜须朝鸡群嚷道:"别叫啦,是我!"

关上鸡窝门后,胡萝卜须立马溜了。一路上,他的腿和胳膊就跟长了翅膀似的,飞一般地逃了回去。他气喘吁吁地跑回温暖而又明亮的屋内,感到非常自豪,仿佛换下沾满泥水的湿衣服,穿上漂亮清爽的干净衣服一般。他微笑着,骄傲地挺了挺身子,等待着别人的夸奖。现在好了,危机已经解除了,他紧紧盯住家人们的面庞,想从上面寻找到刚刚为他担忧过的神情。

然而,费利克斯和埃内斯蒂娜依然在那儿安静地看书,勒皮克夫人则用她平常的语调说:"胡萝卜须,以后你每晚都去关鸡窝门吧。"

梦魇

家里有时会有客人来访,但胡萝卜须对此并不喜欢,因为他们会打扰到他的正常生活,晚上睡觉时会占用他的床,所以他只能和妈妈挤在一起睡。不过,胡萝卜须不仅白天出岔子,晚上也不让人省心。他晚上睡觉时会打鼾(hān),他肯定是故意的。

房间很大,即使到了八月也还很凉快。房间里摆了两张床,一张是勒皮克先生的,另一张是勒皮克夫人的。胡萝卜须就睡在妈妈旁边,床的最里面。

睡觉前,他会悄悄地钻进被子里咳嗽,清一清嗓子。他想,或许鼻子会打鼾?他缓缓地用鼻孔呼吸,观察呼吸是否顺畅,判断鼻孔有没有堵塞。此外,呼吸声也不能太重,他还得好好练习一番。

可是,当他睡着后,鼾声依旧如约而至,似乎打鼾已经成了一种嗜(shì)好。

听到鼾声后,勒皮克夫人立刻捏住他屁股上肉最多的地方掐,直到掐出血来。这招屡试不爽。

胡萝卜须疼得喊了出来。勒皮克先生被他的叫声惊醒,问道:"出什么事了?"

"他做噩(è)梦了。"勒皮克夫人说。

这时,她像乳母那样哼起了印度风情摇篮曲。

胡萝卜须的脸和膝盖都朝着墙,仿佛要把墙推倒似的。为了应对一打鼾就招来的乱掐,他的双手也紧紧地捂着屁股。就这样,在床的最里面,胡萝卜须在妈妈身边又渐渐进入了梦乡。

对不起

怎么还会发生这种事呢?这完全说不通啊!到了这个岁数,别的孩子都领圣餐①了,身心都很干净,只有胡萝卜须浑身还是脏兮(xī)兮的。一天夜里,他已经熬了很久,但还是不敢声张。

他像一只蛆一样在床上扭来扭去,希望能缓解苦恼,但这显然是一种奢(shē)望!

另一天夜里,他梦见自己站在一块界石旁,很舒服地在那里小便,但迷迷糊糊中,他又感觉有些不对劲。糟糕!他瞬间惊醒了,哪有什么界石,只有湿透了的被褥(rù)!

---

① 圣餐:基督教的主要仪式之一,也是一种特殊的崇拜仪典。圣餐的主要材料是无酵饼和葡萄汁。

看着床上一片狼藉（jí），胡萝卜须彻底懵了！

勒皮克夫人似乎很沉得住气，她没有发火，还把脏被褥拿去洗了。她看起来很平静，很宽容，充分表现出了母亲的温柔。甚至第二天早上，她还让胡萝卜须在床上吃早饭，这可是受到极尽宠爱的孩子才能有的待遇！

真好，他还在床上，勒皮克夫人就端来了一碗精心调制的浓汤。她用一把小木勺在汤里加了一些作料。啊！一点点作料，真的只有一点点！

床边，大哥费利克斯和姐姐埃内斯蒂娜用意味深长的眼神看着他，仿佛在竭力掩饰内心的笑意。勒皮克夫人一勺一勺地喂胡萝卜须喝汤，她朝费利克斯和埃内斯蒂娜瞟了一眼："注意！准备好！"

"好的，妈妈。"

他们早就在计划，待会儿该做什么鬼脸嘲笑胡萝卜须了，最好再请几个邻居一起来看热闹。终于，勒皮克夫人朝两个大孩子递了最后一个眼色，仿佛在问："准备好了吗？"

这时，胡萝卜须的嘴张得大大的，勒皮克夫人慢慢地舀起最后一勺汤，几乎直接塞进他的喉咙里。她塞啊塞啊，带着一副既嘲弄又厌恶的神情说："啊！你这小脏鬼，你昨天尿的那些脏东西，刚刚已经都被你吃下去了！"

"我就知道会是这样。"胡萝卜须漫不经心地回答，脸上并没有露出什么特别的表情，这让他们很意外。

他早就已经习惯这种事了。当人们习惯于某件事情的时候，这件事就一点儿也不好笑了。

尿罐

一

胡萝卜须已经不止一次在床上发生这种倒霉的事了。现在,每天晚上,他都会小心翼翼地做好预防措施。在夏天,这不算难事。晚上九点,勒皮克夫人催他去睡觉时,胡萝卜须会主动到外面转转,这样当天晚上就会平安无事。

但是到了冬天,出门散步便成了一件苦差事。夜幕刚刚降临时,胡萝卜须便关上鸡窝门,出去散步,但这只是徒劳,他根本没法坚持到第二天早上。一家人吃过晚饭,又一起待了会儿。九点的钟声响起时,天已经黑了很久,但夜晚还会无休止地延长下去,胡萝卜须必须采取其他措施了。

这一晚,和往常一样,胡萝卜须又开始思考。

"我是去呢?"他琢磨着,"还是不去呢?"

通常情况下他会说"去",或许是因为他实在熬不住了,又或许是受到了门外清冷月光的鼓励。有时,勒皮克先生和大哥费利克斯也会给他做榜样。况且,他想方便时,也并不一定非要走到远离房屋的荒郊野外去小解。平时,他一般走到楼梯底下就会停下来。当然,这得视情况而定。

但是,今晚雨势很猛,雨点噼里啪啦地敲打着窗户,风呼啸着吹灭了满天繁星,连草地里的胡桃树也不堪忍受,发出阵阵怒吼。

"也好，"胡萝卜须深思熟虑后，得出了结论，"我不去了。"

他和大家道了晚安，点上蜡烛回了房间。他的房间在走廊深处的右手边，里面空荡荡的，显得非常冷清。他脱下衣服，躺在床上，等着勒皮克夫人过来检查。

勒皮克夫人进来，把他的被褥塞紧，然后吹灭了蜡烛。蜡烛还在，但房间里没有留下一根火柴。由于他胆子很小，勒皮克夫人帮忙锁上了房门。

黑暗中，胡萝卜须开始遐（xiá）想，品味着一个人的快乐时光。他回顾了白天发生的事情，庆幸自己终于躲过了灾祸，希望明天也能如此幸运，甚至接下来的两天都能有这样的好运，这样勒皮克夫人就不会再注意他了。于是，胡萝卜须带着这样的美梦渐渐地睡着了。

然而，他刚一闭眼，那熟悉的烦恼再次袭来。

"看来真是没法避免。"胡萝卜须心想。

如果是别人，这时准会起来，但胡萝卜须知道床下面并没有尿罐。勒皮克夫人天天都发誓一定要在床下摆上一个，可她总是会忘记。再说了，既然胡萝卜须已经采取了一些预防措施，摆一个尿罐还有什么用呢？

胡萝卜须躺在床上，脑海里闪过许多念头。

"我早晚还是会让步的，"他心想，"不过我熬得越久，尿就会越来越多，但如果我现在去小解，就只有一点点。到了明天早上，我的体温一定可以把被褥烘干，根据经验，我相信妈妈肯定不会发现。"

胡萝卜须放下心来，安心闭上眼，好好睡了一觉。

二

他突然从梦中惊醒，听了听自己肚子里的动静。

"啊！啊！"他说，"这下糟了！"

他刚才还以为已经没事了，觉得自己的运气真不错。他昨晚真不应该偷懒，而现在，他的惩罚来了。

他坐在床上，费尽心思地思考。房门已经上了锁，窗户上也安了铁护栏，想出去是完全不可能的。

不过，他还是起了床，试着摸了摸门以及窗户上的铁护栏，又趴在地上把手伸到床下摸索着尿罐。尽管知道床下没有，但他还是找了半天。

他躺了下去，可没过一会儿又爬了起来。他宁可随便走走，跺跺脚，也不愿意再睡觉，甚至还用两个拳头揉了揉鼓起的小肚子。

"妈妈！妈妈！"他轻轻地叫着，但又因为害怕被妈妈听到，声音极小。因为如果勒皮克夫人真的过来看他，他可能马上就又什么都好了，这样看起来反而像是在捉弄她。像现在这样轻轻地叫两声，只是为了明天可以跟妈妈说自己真的喊过她，没有撒谎罢了。

而且他怎么可能用力地大声喊呢？他正在用自己所有的力气使劲憋（biē）住尿，想要延缓这场灾祸的发生。

没过多久，胡萝卜须感到一阵突如其来的剧痛，疼得满地打滚。他撞上墙壁，又弹了回来。他一会儿紧贴着床边的铁栏，一会儿紧贴着椅子，甚至一会儿又紧贴着壁炉。忽然，他猛地拿掉了壁炉上的一块挡板，弓着身子蹲了下去。那一瞬间，他放松下来，感受到了一种极致的快感。

夜更深了，黑暗完全笼罩了整个房间。

三

一直到黎明时分，胡萝卜须才缓缓入睡。这天早上，他睡了个懒觉。勒皮克夫人推开门进来时，脸上的表情立马变得奇怪起来，她似乎察觉到了一丝不对劲。

"怎么有一股奇怪的味道？"她说。

"早上好，妈妈。"胡萝卜须说。

勒皮克夫人掀开被褥，在房间里四处闻着，一瞬间便明白发生了什么事情。

"昨天晚上我不太舒服，但是没有尿罐。"胡萝卜须赶紧这样解释，他觉得这已经是最好的辩白了。

"你在说谎！说谎！"勒皮克夫人说。

她跑了出去，回来时悄悄在身后藏了个尿罐，趁人不注意塞到了床下。

她把胡萝卜须扯下床,把全家人都叫了过来,大声喊道:"我到底造了什么孽(niè)?怎么生出这么一个儿子!"

过一会儿,她拿来了抹布和水桶,像救火似的把整个壁炉都泡在水里,然后抓起被褥和枕头,拼命地抖动,一个劲地说着:"透透气!透透气!"整个人一边忙碌,一边不停地抱怨。

没过多久,她又指着胡萝卜须的鼻子教训起来:"你这个坏蛋!你难道没有感觉吗?你简直不正常!像个畜生一样!我就算给畜生一个尿罐,它都知道用,可你呢,你竟然在壁炉灰里撒尿!老天哪!你简直是要把我逼疯了!我真的快要发疯了!疯了!疯了啊!"

胡萝卜须光着脚站在地上,身上只穿了一件衬衫。他直直地盯着尿罐,昨天晚上明明什么都没有,可现在它却真真切切地摆在床脚边。洁白的尿罐干干净净的,看得他直晃眼。这种时候,如果再坚称自己没看到,那他的脸皮可就太厚了。

一家人垂头丧气,看热闹的邻居们嘲笑完后也都慢慢散去了。这时,邮递员来了,缠着他问了好多问题。

"我发誓!"胡萝卜须终于开口回答,眼睛却仍然盯着尿罐,"我真的什么也不知道,随你们怎么想吧。"

兔

"西瓜没你的了,"勒皮克夫人说,"况且,你也不喜欢吃西瓜,这点随我。"

"那好吧。"胡萝卜须心想。

不管是吃什么,还是不吃什么,他所有的喜好都是被人强加决定的。从理论上来说,他妈妈喜欢吃什么,他就得喜欢吃什么。

这时,一盘奶酪被端了上来。

"我相信,"勒皮克夫人说,"胡萝卜须并不爱吃这东西。"

胡萝卜须心想:"她都已经这么说了,我也不好再去尝试了。"

再说了,他也知道尝试会有危险。既然如此,那他是否能找一个只有自己知道的地方,去尝试一下那些自己"不爱吃的东西"呢?

最后吃甜品时,勒皮克夫人对他说:"给你养的兔子带几片西瓜过去。"

胡萝卜须去了,他步子不大,一路上把盘子端得平平稳稳的,生怕西瓜不小心从里面掉出来。

他一走进兔棚,兔子们便躁动起来,耳朵高高地竖着,鼻子朝天,前腿伸得直直的,像是在准备打鼓一样,纷纷朝他围拢过来以示欢迎。

"等等啊,等等!"胡萝卜须说,"等一会儿,我们来分一下。"

他坐在兔棚里一堆脏兮兮的污粪上,四周的地面上还有一些兔子们啃剩下的千里光、白菜心和锦葵叶。他把西瓜子扔给兔子,自己则喝着西瓜的汁水:简直太甜啦,像一壶甜酒。

随后,他连家人吃剩的瓜瓤(ráng)也都啃干净了,把能吃的全吃了个精光,至于绿色的瓜皮,他扔给了围在自己身边等待的兔子。

兔棚的门是关着的。午后,慵(yōng)懒的阳光透过屋顶上瓦片的缝隙(xì)钻了进来,在清凉的阴影里落下了几个光点。

十字镐（gǎo）

费利克斯和胡萝卜须每人拿着一柄十字镐，肩并肩地干着活。费利克斯的那柄十字镐是铁的，是专门在铁匠铺里定制的，而胡萝卜须那柄则是他自己找了一块木头做的。两人在园子里热火朝天地干活，比谁干得又快又多。要干的活终于没剩多少了，但不幸的事情总会在此刻发生：胡萝卜须的额头不小心挨了费利克斯一镐。

过了一会儿，大家把费利克斯抬进了屋，小心翼翼地让他平躺在床上。原来，他看到弟弟胡萝卜须的头上流了血，直接吓晕了过去。全家人聚在屋里为他担心，每个人都唉声叹气，连走路都轻轻踮着脚。

"盐放哪了？"

"麻烦再去取些冰水来，在他的太阳穴上冷敷一下。"

胡萝卜须的额头上绑了一块纱布，现在已经被血浸红了，而且血还在不停地往外渗。因为个子太矮，他只能爬到椅子上，从人群的缝隙里去看大哥费利克斯此时的状况。

　　勒皮克先生对他说："吃苦头了吧？看你下次还长不长记性！"

　　埃内斯蒂娜在替他的伤口包扎时说："这包扎起来可太容易了。"

　　包扎的时候有些痛，但胡萝卜须忍住没叫出来，因为他不用想也知道，怎么叫都没用。

　　忽然，费利克斯睁开了一只眼睛，紧接着又睁开了另一只。现在，他悬着的心放了下来，脸色也慢慢好转。这时，大家内心的担忧才渐渐散去。

　　"你总是这样！"勒皮克夫人对着胡萝卜须骂道，"不让人省心的家伙，整天跟个傻子一样！"

鼹（yǎn）鼠

　　胡萝卜须在路上看见了一只鼹鼠，它黑得跟烟囱似的。他先是跟鼹鼠玩了好一会儿，之后，当他看到这个小东西可怜兮兮的眼神后，心里突然感到一阵莫名的酸楚。他越看这个黑不溜秋的傻东西，越心生厌恶，便不想再跟它玩了。于是，他愤怒地抱起它，将它朝天上抛了好几次，想让它落下时直接掉到大石头上。

　　一开始，一切如他所料，进展得非常顺利。

　　一番折腾后，鼹鼠的脚折了，脊梁歪曲了，脑袋也耷（dā）拉着。它的生命力看起来似乎并不算特别顽强。

　　胡萝卜须伸手摸了摸它，发现竟然还有热乎乎的气息，他简直惊呆了。他又把鼹鼠猛地朝天上一抛，这次鼹鼠直接飞过了屋顶，但落地后似乎还在动。

"讨厌！这个小东西，你可真是坚强啊！"胡萝卜须说。

事实上，鼹鼠已经被摔得不成样子了，然而，皮冻一般满是油脂的小肚子却仍然在颤动，仿佛还能看见生命的迹象。

"真讨厌！该死！该死！"胡萝卜须急得发狂，"你这个傻东西、坏东西！怎么这么讨厌！"

他又把鼹鼠抓起来，嘴里不停地叨咕着。

他决定换个法子。

胡萝卜须满脸通红，眼里还噙（qín）着泪水，他朝鼹鼠狠狠唾了几下，随即用尽全身力气把它朝地上扔了过去，扔得远远的。

但是，鼹鼠那丑陋的小肚子依然没有停止颤动。

胡萝卜须发了疯似的折腾它，可是，不管怎么折腾，鼹鼠还是冒着热乎气。

一点儿面包

勒皮克先生心情好的时候,非常愿意和孩子们一起玩耍。他会站在花园的小道上给孩子们讲故事,逗得费利克斯和胡萝卜须开心地在地上滚来滚去。这天早上,兄弟俩又笑得喘不过气了,直到埃内斯蒂娜跑过来喊该吃早饭了,他们才慢慢安静下来。每次全家人聚在一起坐下时,气氛总是很冷清,大家的脸色也总是很阴沉。

一家人像平时一样快速地吃着早饭,没有人吭声。没过一会儿,早饭被吃了个精光,大家也都准备离席了。这时,勒皮克夫人说:"请你再多给我一点儿面包,我好吃完这份果酱!"

她在跟谁说话呢?

通常,勒皮克夫人总是只顾自己吃东西,最多也就跟名叫皮拉姆的狗说上那么几句话,比如谈谈蔬菜的价格,讲讲这些年来就靠这么点儿钱养活六个人和一条狗是多么不容易。

皮拉姆摇了摇尾巴,轻轻拍打着垫子,对着她低声叫唤了两声。

"不,"勒皮克夫人对它说,"你不知道我支撑起这个家有多苦。你和那些男人没两样,都以为我一个主妇只要拿着钱就没什么买不到的。不

管是黄油涨价了还是鸡蛋买不起了,对你来说都是一样的,反正你也毫不关心。"

但这回,勒皮克夫人却是破例直接朝着勒皮克先生讲出来的,这种事可是前所未有。她的话确实是对勒皮克先生说的,她在向他要一点儿面包,好吃完果酱。这是毫无疑问的,一方面是因为她说话时眼睛一直盯着他,另一方面当时面包确实就在他边上。勒皮克先生显然大吃一惊,起先他有些犹豫,但后来还是冷着脸,用指尖从自己盘子里拿起一点儿面包朝勒皮克夫人甩了过去。

谁知道这到底是一出喜剧还是一出悲剧呢?

埃内斯蒂娜觉得妈妈被侮辱了,心里隐约有些恐慌。

费利克斯放肆地跨坐在椅子上,心里想着:"爸爸还真的给了妈妈一点儿面包,看来他今天心情不错。"

至于胡萝卜须,他一言不发,嘴边满是油渍,耳朵里嗡嗡直响,嘴里塞满了炸土豆条,撑得脸颊都鼓了起来。他死死地克制住自己,如果勒皮克夫人没有马上离开餐桌,他怕是要立马爆发了。因为他们的爸爸竟当着儿子和女儿的面,那样不尊重他们的母亲。

一绺头发

　　勒皮克夫人在每个礼拜天都会要求她的孩子们去做弥撒①。她会把他们好好打扮一番，埃内斯蒂娜甚至亲自监督两个男孩子，完全不在乎这样会浪费自己打扮的时间。她为他们精心挑选领带，修剪指甲，发祈祷书，胡萝卜须还特地要了最厚的那本。现在，最要紧的事情是给两兄弟的头发抹上发胶。

　　她非常喜欢做这件事，简直爱得发狂！

　　胡萝卜须非常听话，任凭姐姐摆弄，但费利克斯就不一样了，他警告妹妹，要是再这么折腾，他准会大发雷霆。于是，埃内斯蒂娜开始戏弄她的

---

① 弥撒：天主教的一种宗教仪式。

哥哥。

"这次，"她说，"我不是故意忘记的啊。从下个礼拜天开始，我保证再也不给你抹发胶了。"

然而，每次她还是会费尽心思地在他的头发上抹一点儿。

"总有一天我会跟你翻脸的。"费利克斯说。

这天早上，他正低着头用毛巾擦脸，埃内斯蒂娜又跑来捉弄他，但他毫无察觉。

"看吧，"她说，"我已经听你的了，你可别再抱怨了。你瞧，发胶罐就放在壁炉上，盖得很严实。我这人还不错吧？但我其实也没什么特别的本事。胡萝卜须的头发怕是得用泥才能黏住，但你就不一样，你完全不需要用发胶，而且你的头发卷得很自然，非常蓬松，做完这个造型保证到晚上都不会乱。"

"那就谢谢你啦。"费利克斯说。

他站起身来，没有起一丝疑心。可这次，他忘了像往常一样用手再捋一捋头发确认一下。

埃内斯蒂娜终于将他打扮好了，还给他装饰了绒球，戴上了白色的丝质手套。

"你弄好了吗？"费利克斯问道。

"你看起来简直像王子一样。"埃内斯蒂娜说，"就差一顶帽子了，你

自己去衣橱里翻翻吧。"

然而，费利克斯走到衣橱前照了照，随后跑到餐橱前，打开门，拿出一满瓶水，二话不说全倒在了自己头上。

"我的妹妹，我早就跟你说过了，"他说，"我讨厌有人在我面前捣鬼，想捉弄我这种老手，你还太嫩了点儿。你要是再敢干这种事，我就把你的发胶全倒进河里。"

一瓶水浇下去后，他的头发变得扁平，衣服也完全湿透了。他在等别人来给他换衣服，或者他也可以去太阳下晾干。随便哪种方法都行，反正对他来说没有区别。

"他可太厉害了！"胡萝卜须这样想，心里佩服得不行，"他天不怕地不怕，要是换成我，别人肯定会哈哈大笑的。算了，还是让大家以为我并不讨厌发胶为妙。"

可当胡萝卜须习惯性地忍耐时，他的头发反倒不知不觉地替他报了仇。

他那抹满发胶的头发非常僵硬，仿佛失去了生命一般，静静地躺在那里。随后，这些头发又恢复了生机，慢慢伸展开来，刺破了包裹在外面的那层光亮的发胶。

整片头发看上去像是一块化冻后的麦地，里面有很多麦茬（chá）。

不一会儿，就有一绺头发朝着空中竖了起来，直挺挺地，完全没有任何束缚。

洗澡

四点的钟声就要敲响了,胡萝卜须非常激动。这时,勒皮克先生和费利克斯正躺在榛(zhēn)树底下睡觉,于是胡萝卜须跑到花园里叫醒了他们。

"我们现在可以走吧?"他说。

费利克斯:"走吧,直接穿短裤去!"

勒皮克先生:"可现在这天气还太热。"

费利克斯:"在我看来,就是得在有太阳的时候去,这才快活呢。"

胡萝卜须:"爸爸,等我们到了河边,你保准会更舒服,到时候你可以躺在草地上好好睡一觉。"

勒皮克先生:"你们在前面别走得太快,不然会热死的。"

胡萝卜须好不容易才放慢了脚步,他觉得脚上好像有许多蚂蚁在爬。他的肩膀上搭着两条短裤，他自己那条款式朴素且没有图案，而费利克斯那条则是红蓝相间的。胡萝卜须看起来精神抖擞（sǒu），一路上叽叽喳喳说个不停，嘴里还哼着歌，碰到路旁伸出的矮树枝，就直接蹦过去，整个人沐浴在微风中。

他对费利克斯说："难道你以为这儿算得上很好玩吗？才不是呢。咱们马上就可以去玩水啦！"

"真是调皮！"费利克斯回答道，脸上露出一副不屑而又成竹在胸的神情。

果然，胡萝卜须立马不吭声了。

他们面前出现了一堵石头砌成的矮墙，胡萝卜须非常兴奋，大步跨了过去。紧接着，他们又看到了一条小河。

河面轻轻荡漾，他们映照在水面上的倒影也微微摇动了起来。

他们早就该跳下河，在水里自由自在地玩耍了。可勒皮克先生总是在不停地看表，确认是否到时间了。这时，胡萝卜须打了一个哆嗦，关键时刻，他又一次退缩了，没敢跳进水里。在这之前，这里的河水远远地吸引着他，促使他来到了这里，可当真正站在河边时，他却开始犹豫了。

胡萝卜须躲到一边，开始脱衣服。他倒不是害怕别人看到他骨瘦如柴的身材和那双难看的脚，而是因为只有在独处时，他才能无所顾忌地发抖。

他小心翼翼地把衣服一件件脱掉并叠好放在草地上，然后不停地摆弄鞋带，在外人看来，好像半天都没解开。

他脱掉上衣，换上短裤。由于天气太热，他已经汗流浃背了，裤带紧紧地贴在了身上，就像一层糖纸紧紧地黏住了糖果似的。就这样，他又磨蹭了好一会儿。

费利克斯老早就下了河，在他所处的那一片水域里瞎折腾。他用胳膊使劲拍打，用脚乱踢，之前平静的水面泛起了不少白色泡沫，溅起了团团水花。他用力把河中央的浪花朝河岸赶。

"你不想下水吗，胡萝卜须？"勒皮克先生问道。

"我再晾晾身子,待会儿再下去。"胡萝卜须说。

最后,他打定了主意,先坐在地上用脚趾探了探水。由于鞋子太小,他的脚趾已经被勒坏了。同时,他轻轻地揉着小肚子,似乎之前吃的东西还没有完全消化。之后,他顺着河岸边的草根慢慢滑下了水。

草根在他身上缓缓地挠,先是小腿肚,后是大腿,再到屁股。当河水没过肚子时,他又浮了起来,想跑掉。他觉得好像有一根浸湿的细绳如绕陀螺般缠在自己身上。然而,他倚靠的那片泥土并不结实,一下子塌了,胡萝卜须瞬间摔进了河里,水直接没过了他的头顶。他在水中扑腾摸索着,好不容易才重新站起来。他呛了水,一直咳个不停,感觉有点儿窒息。他的眼睛似乎看不清东西,脑袋也有些晕晕乎乎的了。

"跳得不赖嘛,孩子。"勒皮克先生说。

"是的,"胡萝卜须说,"可是我不太喜欢这样,水进耳朵里了,我头会疼的。"

他找了一片适合学习游泳的水域,在那里可以划动手臂,用膝盖在水下的沙子上匍匐(púfú)前进。

"你太心急了,"勒皮克先生说,"拳头别攥(zuàn)得太紧,又不是在扯头发。两条腿不能不动,必须划动起来。"

"游泳时如果不用腿,那是真难游。"胡萝卜须说。

费利克斯总会跑来干扰他,让他不能安心地学游泳。

"到我这边来,胡萝卜须。这里的水比较深,我的脚都踩不到底。你看啊,我现在沉下去,你还看得见我呢。注意看,你马上就看不到我了。现在,你去柳树那边,站着别动,我打赌我只要游十下就能到你那儿。"

"那我来数。"胡萝卜须回答,整个人不停地哆嗦。他的肩膀露出水面,像界标那样一动不动。

他重新蹲了下去,准备游泳,但是费利克斯却爬到他的背上,然后又一头扎进水里,说:"到你啦,你如果愿意就爬到我背上来。"

"你就让我自己安安静静地练习吧。"胡萝卜须说。

"好啦,"勒皮克先生喊道,"你们上来吧,每个人都过来喝一点儿朗姆酒。"

"现在就要上去了吗?"胡萝卜须问。

他一点儿也不想上岸,毕竟还没有尽兴呢,而且这条他即将离开的河已经不会让他害怕了。不久前,他还感觉身体重如铅锤,现在竟觉得轻如鸿毛了。他疯狂地在水里拍打着,好像要去救某个人似的,一点儿都不觉得危险了。他甚至还主动沉到水里,就为了体验一下溺水者有多么痛苦。

"你动作快点儿!"勒皮克先生朝他叫喊,"不然你大哥就要把朗姆酒喝光了。"

胡萝卜须虽然不喜欢喝朗姆酒,但他还是说:"谁也别想把我那份抢走!"

于是,他拿起酒一饮而尽,活脱脱像个老兵。

勒皮克先生:"你刚才没把身上洗干净,脚踝上还有脏东西呢。"

胡萝卜须:"那是泥,爸爸。"

勒皮克先生:"不,肯定是污垢。"

胡萝卜须:"那我待会儿再下去洗洗,行吗,爸爸?"

勒皮克先生:"你明天再洗吧,我们明天还会来的。"

胡萝卜须:"行,看运气吧!如果天气好,我们就再过来!"

他用指尖捏着一块毛巾,那是费利克斯刚刚用过的,已经湿了,于是他用上面干的部分擦拭着身子。他的脑袋有些发昏,喉咙也很干,哥哥和爸爸一直在取笑他那粗胖的脚趾,最后胡萝卜须也不禁哈哈大笑起来。

奥诺里娜

勒皮克夫人:"奥诺里娜,你今年到底多大年纪了?"

奥诺里娜:"万圣节一过,我就满六十七岁了,夫人。"

勒皮克夫人:"我可怜的老太太啊,你怎么都这么老了啊?"

奥诺里娜:"只要我还能干活儿,老就老了,算不得什么,而且我从来不生病,身体比马还结实呢。"

勒皮克夫人:"奥诺里娜,有一点我得跟你好好说说,行吗?保不准哪天你可能突然就没了。比如某一天晚上,你从河边回来的时候,感觉背篓比平时重得多,手推车推起来也更费力气,这时你可能会一头摔在车辕(yuán)上,鼻子紧贴着刚洗好的衣服,然后你就完了。等别人把你扶起来的时候,你怕是早就咽气了。"

奥诺里娜："您是在说笑吧，夫人？您别担心，我的手脚还麻利着呢。"

勒皮克夫人："可是你的背真的已经有些驼了，不过这样也好，洗衣服时能让腰省不少力气，而且，你的视力也下降了！你可别否认，奥诺里娜，我早就看出来了。"

奥诺里娜："啊？我眼睛看得可清楚了，跟我刚结婚时一样。"

勒皮克夫人："那好吧，你把橱柜打开，随便拿出一个盘子给我。你看，要是你已经把餐具都擦得干干净净了，这上面的水又是从哪来的？"

奥诺里娜："准是因为橱柜里太潮湿了。"

勒皮克夫人："那你再看看这个手指印，难道橱柜里还会有人用手去摸盘子？"

奥诺里娜："哪有手指印，夫人？我什么也没看到。"

勒皮克夫人："这我就要批评你了，奥诺里娜。你听我说，我没说你干活偷懒，要是我真说了这种话，那就是我错了。在我们这个地方，我还没见过谁干活比你好呢。我是说你确实老了，我也老了，我们两个都老了，况且，做事情仅凭真心实意是不够的。我打赌你有时会感觉到眼睛上好像罩了一层薄纱，哪怕用手揉也没用，你已经看不清东西了。"

奥诺里娜："就算如此，我还是可以把眼睛睁大，我完全没有那种把头浸到水桶里的不适感。"

勒皮克夫人："不，不，奥诺里娜，你要相信我。昨天你还给勒皮克先生拿了一个脏玻璃杯,当时我怕说出来会让你伤心,所以一声没吭。勒皮克先生也没提这件事,但他不说,不代表心里不清楚,其实什么事都逃不过他的眼睛。别人总觉得他遇事漠不关心,实际上这是大错特错的!他心细如发,所有的事情都已经刻在脑子里了。当时,他用手推了推杯子,吃午饭时硬是没有喝酒。我真为你们两个感到难过。"

奥诺里娜:"真是奇怪,勒皮克先生当着自家仆人的面怎么会这么局促?只要他开口,我马上就会给他换一个杯子。"

勒皮克夫人:"只能说有这种可能,奥诺里娜。但最糟糕

的是，一旦勒皮克先生打定主意不说话，你无论怎么做都没法让他开口。我已经不愿再去尝试了，况且问题也并不在这里。总之，你的视力越来越差了，如果只是干些粗活儿，比如洗衣服，那还没什么关系，但那些细活儿你已经做不来了。也许这样做会增加整个家庭的开销，但我还是想另外雇一个人给你搭把手……"

奥诺里娜："我干活时绝不允许另一个女人插手，夫人。"

勒皮克夫人："这一点也是我想说的。所以怎么办呢？你老实说，我怎么办才好？"

奥诺里娜："那就让我一直干下去吧，直到我去世。"

勒皮克夫人："去世？你已经想到去世了吗，奥诺里娜？你也许比我们所有人都活得久呢，我的确希望这样，难道你觉得我会希望你去世吗？"

奥诺里娜："您大概也不会因为这么点儿鸡毛蒜皮的小事就让我走人吧？除非您真的把我赶出门，否则我是不会主动离开的。再说了，万一您真赶我走了，那我不就只剩下一条死路了？"

勒皮克夫人："不要一副脸红脖子粗的模样，谁说要赶你走了，奥诺里娜？我们不过是在心平气和地聊聊天而已。你瞧瞧你，怎么一下子就翻脸了，还说了一大堆蠢话。"

奥诺里娜："天哪！这哪能怪我？"

勒皮克夫人："那不然怪我吗？你眼睛不行了，这不怪你，也不怪我。

我倒希望有一天你的眼睛能被医治好。可是在那之前，我们两个谁更为难呢？你甚至压根儿没觉得自己的眼睛出了毛病，但你做的家务活却出了许多问题。我这样提醒你完全是出于好意，以免发生什么意外，而且我似乎也有权利这么说。我只是在温和地指出你现在的问题。"

奥诺里娜："那随便您了，您想怎么做就怎么做吧，夫人。刚才我还以为要被您赶出门了，但现在我放了一百个心。我保证，以后我一定把盘子擦得一尘不染。"

勒皮克夫人："这样最好了，我也不是一个苛刻的人，我可不像外面传得那么坏。奥诺里娜，除非万不得已，我绝不会赶你走。"

奥诺里娜："既然这样，夫人，您就不用再多说什么了。我自信现在还有点儿用，您要是现在就把我赶出去，我就要大呼冤枉了。可万一有一天，我觉得自己已经成了你们的累赘（zhuì），连在炉子上烧一壶水都做不到，到那时，不用你们赶，我也会自己离开的。"

勒皮克夫人："记着，奥诺里娜，无论什么时候，我们家都会给你留一碗汤喝。"

奥诺里娜："不，夫人，汤就不用了，给我来点儿面包就行。您看，玛义特大娘从来都只吃面包，不还是活得好好的。"

勒皮克夫人："天哪！她少说也有一百岁了吧？还有一件事你知道吗？奥诺里娜，我跟你说，连乞丐都过得比我们好呢。"

奥诺里娜："既然您都这么说了，夫人，那我也是这样认为的。"

开水锅

　　胡萝卜须也想为家里做些力所能及的事,但事实上,这种机会少之又少。他一直蜷缩在角落里,静静地等待机会的来临。他如同一位冷静的智者,即使身处浮躁喧嚣的人群中,仍能保持头脑清醒,只要时机一到,就会立刻跳出阴影,做出贡献。

　　有时,他料定勒皮克夫人需要一个能干可靠的帮手。虽然她会傲娇地否认,拒绝他的帮助,但母子俩有足够的默契,对此总是心照不宣。当然,胡萝卜须并不需要别人鼓励,更不图什么奖赏,他总会主动上前帮忙。

　　他终于打定了主意。

　　平时,开水锅就挂在壁炉的铁钩上,从早到晚不停地烧水。冬天家里会需要大量热水,当一满锅水烧开后,大家会把热水倒出,重新给锅里灌上凉水，继续烧。炉火烧得很旺，锅里的水不停地沸腾。

到了夏天，大家只有在饭后洗碗时才会用到热水，其余的时间就不怎么需要了。水沸腾的时候，铁锅会不时发出轻微的呼哨声，而在有裂缝的锅身底下，一缕缕烟缓缓冒出，那是两根烧火用的木柴——眼看着就要熄灭了。

有时，当奥诺里娜听不到呼哨声时，她便会走过去，弯着身子在铁锅旁仔细听。

"水已经烧干了。"她说。

她重新往锅里倒了一桶水，拢了拢两根木柴，又搅了搅炉灰。没过多久，火苗重新燃起，铁锅又低声吟唱起来，这时，奥诺里娜才会放下心，去忙别的事。

有人会对她说："奥诺里娜，你怎么总是在烧水啊？明明平时都用不着。赶紧把火灭了，把锅拿走，这样可以省下很多柴。你烧起柴来就跟不要钱似的，你可是一个非常节俭的人啊。"

听到这话，她会摇摇头。

那口挂在铁钩上的铁锅总是会映入她的眼帘，烧水时的沸腾声也总会传到她的耳朵里。她只要一看到锅空了，就会往里面倒水，不管风和日丽还是阴天下雨，都会如此。

现在，她都用不着伸手去碰，甚至看都不用看，就能清楚地知道铁锅里的状况。她只需要用耳朵听，要是铁锅不出声了，她就往里面倒水，动作非常熟练。至今,她在这件事上还从来没有出过错。

然而今天,她第一次出了岔子。

水全浇在了火上,一阵烟灰像凶猛的野兽一样朝奥诺里娜扑来,似乎想将她吞噬(shì)。

她一下子叫了起来,接连退了好几步才站稳,而且不停打喷嚏。

"真倒霉!"她说,"我还以为地底下钻出来什么鬼了呢。"

她的眼睛被熏得无法睁开,两只手也被熏黑了,在壁炉旁不断摸索着。

"啊!我懂了,"她突然愣住,大吃一惊,"开水锅不见了……"

"咦,不对,"她紧接着又说,"我不明白了,开水锅刚才还在,我明明听到它发出了芦笛一样的呼哨声。"

肯定有人趁奥诺里娜转身往窗外抖围裙上的皮壳时把开水锅拿走了。

这到底是谁干的呢?

这时,勒皮克夫人出现了,她站在卧室前的门毡上,一脸平静且严肃的表情,问:"什么事弄出这么大动静啊,奥诺里娜?"

"响声,响声!"奥诺里娜叫喊着,"这倒霉的响声,我差点儿被烧死了!您瞧瞧,我的木鞋、裙子还有手,已经不成样子了。短衫上都是泥,口袋里也全是炭灰。"

勒皮克夫人:"我看到了,脏水从壁炉里往外流,奥诺里娜,这儿简直脏透了。"

奥诺里娜："到底是谁把我的锅拿走了？都不跟我说一声。不会是您拿走的吧？"

勒皮克夫人："开水锅是属于这个家所有人的，奥诺里娜。我、勒皮克先生或者孩子们要用时，难道还要征求你的同意吗？"

奥诺里娜："您别生气，我是气坏了，才会说出这些蠢话的。"

勒皮克夫人："奥诺里娜，你到底是在气我还是在气你自己啊？没错，你究竟在气谁？倒不是我的好奇心在作祟，只是我的确很想知道这到底是什么情况。你真是让我们不知道怎么办才好。你一股脑儿地往火上倒了一桶水，还非要找借口说是因为锅不见了，不仅死不认错，还把错怪在别人头上，硬说是我做得不对。你别在意，我说话就是这么直接！"

奥诺里娜："我的小胡萝卜须，你知道我的锅在哪儿吗？"

勒皮克夫人："他一个什么都不懂的小屁孩能知道什么？先别管你的锅了，你还记得你昨天说的话吗：'万一有一天，我觉得自己已经成了你们的累赘，连在炉子上烧一壶水都做不到，到那时，不用你们赶，我也会自己离开的。'我的确觉得你眼睛出了毛病，但没想到已经糟糕到这种程度了。我也不多说什么了，奥诺里娜，请你站在我的立场考虑一下，面对这种情况，你跟我一样心里清楚得很。你自己说该怎么办吧。啊！你也别憋着了，尽情地哭吧，这没有什么。"

没有说出来的话

"妈妈！奥诺里娜！"

胡萝卜须还有什么要说的呢？一切都被他弄得一团糟。幸亏瞧见了勒皮克夫人那双冷漠的眸子，他将刚才到嘴边的话咽了回去。

他为什么要跟奥诺里娜承认这是他干的呢？

事到如今，他已经帮不上这位老太太什么忙了。她的眼睛出了毛病，根本看不清东西了，这其实是早晚的事儿，但这对她而言糟糕透了。如果胡萝卜须承认，她只会更加不痛快。还是快让她走吧，这样她只会觉得一切都是注定的，是命运给了她狠狠一击，怎么样也不会怀疑到胡萝卜须身上来。

他又为什么要跟勒皮克夫人承认这是他干的呢？

做了一点儿值得表扬的事又有什么好吹嘘的呢？难道一定要乞求别人给

自己一个赞许的微笑吗？况且，讲出来还有点儿危险呢，也不见得是一件好事。因为他心里清楚，勒皮克夫人肯定会当着大伙儿的面责骂他，怪他多管闲事。所以，现在还是装着一起帮妈妈和奥诺里娜找开水锅为妙。

最后，三个人一块儿去找，胡萝卜须表现得尤为积极，显得干劲十足。

对找开水锅这种事情，勒皮克夫人显然没什么兴趣，她第一个放弃了。

紧接着，奥诺里娜也不找了，走的时候还在不停嘀咕。而胡萝卜须，这位差点儿闯大祸的始作俑者，没过多久也撒手不管了。此时的他，无疑像一个收入鞘（qiào）的刑具，没人再需要了。

阿珈特

来代替奥诺里娜工作的人是她的孙女,名叫阿珈特。

胡萝卜须好奇地观察着这副新面孔。最近几天,大家也不怎么关心胡萝卜须了,都把目光投在了这名新来的女仆身上。

"阿珈特,"勒皮克夫人说,"我是让你进来前先敲敲门,不是让你跟马一样用蹄子在门上乱踢。"

"开始了,开始了,"胡萝卜须心里想道,"吃午饭时我等着看你的好戏。"

一家人在大厨房里吃着午饭,而阿珈特在手臂上搭了一块餐巾,整个人在房间里到处穿梭。她从灶台旁跑到橱柜旁,又从橱柜旁跑到餐桌旁,似乎不知道该怎样才能稳当地走路,总是跑得气喘吁吁,满脸通红。

此外，她说话的语速太快了，笑起来声音大得吓人，而且干起活来也有点儿用力过猛。

吃饭的时候都是勒皮克先生先坐下的。他拿开餐巾，把自己的盘子朝前一推，推到面前的菜盆旁，取一些肉，淋上辣椒油，再把盘子拉回来。之后，他又为自己斟了一些酒，沉下肩膀，低着头自顾自地慢慢吃着东西，一副冷漠的样子。

只有到上菜的时候，他才会稍微活动一下，拉拉椅子，挪挪屁股。

勒皮克夫人动手给孩子们盛菜，先给费利克斯，因为他的肚子早就饿得咕噜噜叫了。由于年龄优势，埃内斯蒂娜是第二个，而坐在桌子顶端的胡萝卜须只能排在最后。

胡萝卜须从不让别人给他加菜，似乎这种行为是不被允许的。对他来说，一份食物大概已经足够了。不过，要是有人主动提出要帮他加菜，他也会欣然接受。他也没有酒喝，只能吃自己并不喜欢吃的米饭，而这么做只是为了迎合勒皮克夫人的喜好，因为家里只有她喜欢吃米饭。

费利克斯和埃内斯蒂娜则完全例外，只要想吃，都是可以再加一份的。每次加菜时，两人都把盘子朝菜盆一推，动作简直和勒皮克先生一模一样。

但此时此刻，大家都默不作声。

"这到底是怎么回事？"阿珈特心里嘀咕着。

实际上什么事也没发生，他们吃饭时一直都这样。

她伸了伸胳膊，竟忍不住在众人面前打起了哈欠。

　　勒皮克先生吃得非常慢，好像嚼碎玻璃一样。

　　勒皮克夫人也不说话，别看她吃饭前像喜鹊那样叽叽喳喳说个不停，但吃饭时也只是用肢体语言来示意。

　　埃内斯蒂娜一直在抬头看天花板，费利克斯在把玩手里的面包，而胡萝卜须没有酒喝，只能老老实实地吃饭。他得控制吃饭的节奏，既不能因为好吃就吃得太快，也不能吃得太慢，免得有人嫌他拖沓（tà）。因此，他吃饭时总要进行复杂的速度计算。

　　这时，勒皮克先生突然起身去倒了一杯水。

　　"这事其实可以让我来的。"阿珈特心想。

　　但她也只是这么想而已，实际上并没有说出来。她也染上了这家人共有的坏毛病，舌头变得不灵光了，完全不敢讲话。但尽管如此，她还是觉得自己的行为有些不妥，让主人亲自倒水可以算是失职了。于是，她打起精神，开始更加留意大家的举动。

　　勒皮克先生的面包快吃完了，阿珈特决定这次不能再让他抢先了。她全神贯注地盯着他，以至于完全忽略了其他人。这时，勒皮克夫人语气生硬地说："阿珈特，你干吗呢？"

　　这句话让她猛然惊醒。

　　"我在呢，夫人。"阿珈特回答。

　　她越发目不转睛地盯着勒皮克先生,越发想赶紧献殷勤,给这家人留下好印象。

　　而现在正是时候。

　　当勒皮克先生吃到只剩最后一口面包时,她赶紧跑到橱柜那边,拿回来一个足有五斤重的面包圈。而这个面包圈还没有被切开,她便满心欢喜地把它拿到主人面前,认为自己终于猜对了主人的心思。

　　然而,勒皮克先生叠好餐巾,直接离席了。他戴上帽子,径直走到花园里抽烟。

　　他吃完午饭后,便不会再吃别的了。

　　阿珈特愣住了,傻傻地站在那儿一动也不动,将手里五斤重的面包圈顶在肚子上,像救生设备厂里的广告蜡人一样。

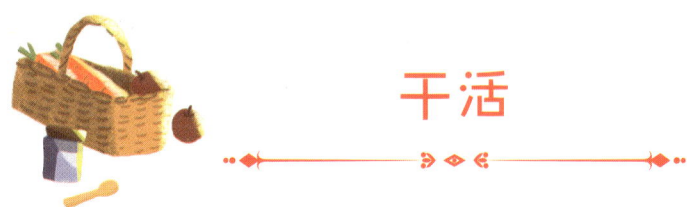

干活

"心里不好受吧?"胡萝卜须问。这时,厨房里只剩下了他和阿珈特两个人。"但你也别太在意,以后这种事多了去了。对了,你要把这些酒瓶拿去哪儿?"

"拿去酒窖(jiào)啊,胡萝卜须先生。"

胡萝卜须:"很抱歉,只有我才能去酒窖。酒窖里的梯子太滑了,如果你们这些妇女去,说不定会摔断脖子。自从那天大家发现我下梯子时不会滑倒,这活就专属于我了。除此之外,我在里面还能区分清楚酒瓶上的红蓝封章。用旧了的小酒桶也由我拿去卖,从中我还可以赚点儿小钱。野兔皮也是我去卖的,但这部分钱我必须上缴给妈妈。

听懂了吧?所以,我们现在商量一下具体分工,免得以后干活时弄混。

早上我开门把狗放出来，给它喂点儿汤，晚上我会吹口哨喊它回来睡觉。如果它在路上耽搁回来晚了，我会一直等它。另外，妈妈说关鸡笼这事也由我来做。拔草的活也归我，因为我分得清哪些草该拔，哪些草可以留下。拔完草后，我会敲掉草上的泥土，用这些泥土填上拔草后留下的窟窿，最后把草拿去喂兔子。

我还会帮爸爸锯木头，这算是我的日常运动。至于他在外面打猎带回来的活野味，我负责了结它们，你和埃内斯蒂娜负责拔毛。

鱼肚子我来剖，我会把里面清理干净，然后拉出鱼鳔（biào），用鞋跟踩破。至于刮鱼鳞和打井水就得你来了。

此外，我得帮着绕纱线团，还要磨咖啡。

爸爸每天回家脱掉脏皮鞋后，我得把皮鞋拿去走廊里放好，埃内斯蒂娜会递上一双拖鞋。这事儿她当仁不让，拖鞋上的花正是她绣的。

只要是那种重要的，得走上好一段路程的活，比如去药店买药、请医生等，都交给我来。你就只负责在村子里面跑跑腿，买点儿零碎的小玩意儿就行了。

但不管天气如何，你每天都得去河边洗衣服，这算是你最重的活了，要用两三个小时完成。可怜的姑娘，这我就帮不了你了。不过，如果你在篱笆（líba）上晒衣服时，我正好有空，还是会尽可能帮你一把的。

还有一点你要特别注意，千万不要在果树上晒衣服，否则爸爸会趁你不注意把衣服全扔到地上。要是妈妈发现衣服上有一点儿脏东西，你就要返工了。

鞋子的事我也得跟你好好讲讲。出去打猎穿的鞋子要多上点儿油，平时

穿的半筒靴只用在表层涂一点点蜡即可。

　　那种沾了泥的裤子你洗的时候也不用太费心，因为爸爸觉得沾了泥反而能让裤子更耐穿。他在耕好的田地里走路就没有卷过裤腿，但是他让我背上小猎袋去跟他一起打猎时，我还是愿意把裤腿卷起来的。

　　'胡萝卜须，'他会这样对我说，'你这个样子不可能成为一个真正的猎人。'

　　但妈妈则会这样讲：'要是你把裤子弄脏了，小心我扭下你的耳朵！'没办法，不同的人对同一件事会有不同的想法。

　　总之，你就不要太过抱怨了。放假时我会帮你分摊家务；开学后我跟哥哥姐姐都会在学校寄宿，这样你的活也会少些。其实两种情况都差不多。

　　况且家里没人会欺负你，不信你可以问问跟我家有来往的朋友，他们都会这样评价：我姐姐埃内斯蒂娜性格温柔，像天使一般；我哥哥费利克斯待人诚恳，有金子般的心灵；我爸爸为人正直，始终保持客观公正；我妈妈厨艺高超，在这方面有着非凡的天赋。至于我，你也许觉得我是整个家庭里最难相处的人，但真正了解我的脾气后，你会发现我其实很好相处，和别人没什么两样。我是一个讲道理的人，有错就改，而且我在不断提升自己，可能这样讲听起来不够谦逊，但只要你肯努把力，我们一定可以融洽相处的。

　　你也别再叫我先生了，和大家一样叫我胡萝卜须就行。这比'胡萝卜须先生'的叫法要简便多了。只是有一点，麻烦你不要像你奶奶奥诺里娜那样对我以'你'相称，这样会显得非常傲慢。我特别讨厌你奶奶，她总是欺负我。"

过年

天上飘起了雪花,只有这样,过年这天才有过年该有的样子。

早在前天夜里,勒皮克夫人就小心翼翼地把院子里的门锁好了。第二天一早,果然有许多小孩子跑到门口,不停地摇晃门闩,嘭嘭地敲门。刚开始孩子们还比较规矩,后来就变得肆无忌惮起来,直接拿木鞋踹门。到了最后,实在是没力气了,才会失望地离开,走的时候还会望向某扇窗户——勒皮克夫人总喜欢躲在那儿偷看。孩子们没多久就走远了,踩在雪地里的脚步声也渐渐听不到了。

胡萝卜须从床上跳了下来,跑到花园里的水槽边洗脸,至于肥皂,他是从来不用的。水槽里结了冰,他得先把冰凿开。这样活动一番过后,他的身子暖了起来,比在炉子边烤火还管用。他在水中简单浸湿了一下脸,就算洗好了。家里人总是嫌他太过邋遢，哪怕他把自己里里外外全部收拾一遍，大家也会觉得他只是洗掉了最明显的污渍。

拜年的时候，胡萝卜须显得非常精神。埃内斯蒂娜走在最前面，然后是费利克斯，胡萝卜须则走在最后。当三个孩子走进厨房时，勒皮克先生和勒皮克夫人已经在里面候着了，却装出一副不怎么在意的样子。

埃内斯蒂娜亲吻了他们，然后说："早上好啊，爸爸妈妈。祝愿你们新年快乐、身体健康、幸福长寿。"

费利克斯也快速说了和埃内斯蒂娜一样的祝词，并同样亲吻了他们。

可胡萝卜须却有别的准备，他从鸭舌帽里拿出一封信。信封粘得很严实，上面写着"致我亲爱的爸爸妈妈"。信封上没有写地址，角落里倒是画了一只品种稀罕且五彩斑斓的小鸟，正展翅高飞。

胡萝卜须把信递给了勒皮克夫人。她随即把信拆开，信纸页上缀满了绽放的花朵，页边还装饰了一圈花边。每次写到花朵眼眼里的时候，胡萝卜须的笔尖总会停顿一下，于是墨水就会在纸上晕开，浸到旁边的字上。

勒皮克先生："那我呢？就没有什么给我的吗？"

胡萝卜须："这封信是给你们两个人的，妈妈看完就给你。"

勒皮克先生："好吧，看来我跟你妈妈两个人，你更喜欢她。那行，你摸摸口袋，看那值十个苏[①]的新币还在不在！"

---

① 苏：法国原辅助货币，现早已不用，1法郎＝20苏。

胡萝卜须:"请稍等一下啦,爸爸,妈妈马上就看完了。"

勒皮克夫人:"文笔确实不错,但你这字实在是写得太差劲了,完全没法认。"

"给你吧,爸爸。"胡萝卜须急忙说,"现在信归你了。"

胡萝卜须站得笔直,等待着爸爸的回答。勒皮克先生反反复复地把信读了好几遍,仔仔细细地看了很久,然后像往常那样"啊!啊!"了两声,就把它放在桌子上了。

这封信已经达到了它应有的效果,没有任何用处了,现在它属于所有人,大家都可以随意拿来查阅。埃内斯蒂娜和费利克斯把信轮流拿着读,检查里面的拼写错误。他们觉得胡萝卜须要是换支笔写,字没准儿会清楚很多。两人看完后,又把信还给了他。

他拿着信,不停地翻弄着,然后露出了苦笑,仿佛在说:"这封信又有谁会要呢?"

最后他把信重新塞回了鸭舌帽里。

接下来该发放新年礼物了。埃内斯蒂娜拿到了一个个头比她还要高的娃娃，费利克斯收到了一盒看似准备战斗的铅质玩具兵。

"至于你嘛，我给你留了一个惊喜。"勒皮克夫人对胡萝卜须说。

胡萝卜须："啊，好的！"

勒皮克夫人："你说'啊，好的！'是什么意思啊，既然你已经都知道了，我也没必要拿给你了。"

胡萝卜须："我对上帝发誓，我真的不知道，否则我就永远见不到它。"

他把手高高举起，神情严肃，一脸确信无疑的样子。勒皮克夫人打开了餐橱，此时的胡萝卜须正屏气凝神，等待着自己的礼物。她把手伸到了最里边，故作神秘地慢慢拿出了一支用黄纸包裹着的红糖烟斗。

胡萝卜须立马变得笑逐颜开，他知道自己接下来该做些什么了。接下来，他要当着爸爸妈妈的面，快速地抽上一口。费利克斯和埃内斯蒂娜流露出了羡慕的目光，可是谁叫他们早已有了别的礼物！胡萝卜须用两根手指夹着那支红糖烟斗，弯着腰，把头歪向左边，嘴鼓得圆圆的，然后收紧两颊，猛地用力一吸，弄出了响声。

接着，他抬起头，对着上面吐了一口气，仿佛真的吐出了一口大烟圈。

"这烟斗真不错，"他说，"抽起来棒极了！"

来回

暑假到了，勒皮克家的三个孩子都从学校回家了。胡萝卜须大老远就看到爸爸妈妈在等着迎接他们，他迅速从驿车上跳了下来，心里琢磨着："这时候是不是应该迎着他们直接跑过去呢？"

他有些迟疑了："现在跑有点儿太早了，我肯定会喘不过气来的，况且也不应该太着急。"

可他还是迟疑不定，脑子里的两个小人不停争论："我从这儿开始跑……不，还是从那儿吧……"

他不停地问自己："我应该什么时候把帽子摘下来呢？我应该先拥抱爸爸还是妈妈呢？"

就在他犹豫不决时，费利克斯和埃内斯蒂娜已经抢在他前面，扑到爸

爸妈妈的怀里,享受他们的爱抚了。等胡萝卜须跑上前来,几乎没他的份儿了。

"怎么,"勒皮克夫人说,"你都到这个年纪了,还管勒皮克先生叫'爸爸'吗?你应该叫他'父亲',再跟他握个手,这样才有男子汉该有的样子嘛。"

紧接着,她吻了一下他的额头,以免他心生嫉妒。

对于暑假的到来,胡萝卜须别提有多开心了,开心得都快哭了。他总是这样,经常乱用表情。

开学日期定在十月二日,星期一的上午。这天,人们首先要做的便是圣灵弥撒。到了开学那天,勒皮克夫人大老远就听见了驿车的铃声,她弯下腰,一把抱住了她的孩子们,但唯独没有理睬胡萝卜须。胡萝卜须在旁也耐心地等着,心想待会就轮到自己了。此时,他的手已经伸向了马车的皮带,道别的话也已经酝酿(yùnniàng)好了,心里却不禁涌起一阵难过,差点儿哭出来了。

"再见了,母亲。"他郑重地说。

"喂,"勒皮克夫人说,"小傻子,你把我当成你的什么人啦?你跟大家一样叫我'妈妈'难道会吃亏吗?谁家的孩子像你这样啊?你这挂着鼻涕虫的小屁孩还给我摆起谱来了!"

尽管如此,她仍然吻了一下他的额头,以免他心生嫉妒。

钢笔

费利克斯和胡萝卜须都被勒皮克先生送去了圣马克学校,这所学校的学生都在公立中学上课。这里的学生每天要散步四次,在气候宜人的春秋季节,这是非常舒服的。即使在阴雨天,由于路程不长,孩子们只会觉得凉爽,并不会在意身上是否被淋湿。坦白讲,这种一年四季常态化的散步对他们的健康大有裨益。

这天早上,学生们正从公立中学上完课回来,像绵羊一样在路上慢慢地踱着步。队伍里,胡萝卜须正低着头朝前走,忽然听到有人说:"瞧,胡萝卜须!你爸爸在那儿!"

勒皮克先生就喜欢这样出其不意地和他的孩子们见面。他来学校之前从来不写信,孩子们经常会惊讶地发现自己的父亲背着手,叼着烟,在对面街角的人行道上静静站着。

胡萝卜须和费利克斯连忙从队伍里跳出来,朝他们的父亲飞奔而去。

"你真来了啊!"胡萝卜须说,"我完全没有想到你会来这儿。"

"你只在看到我之后才会想到我吧。"勒皮克先生说。

胡萝卜须想回几句亲热的话,可一句也没想出来。他踮起脚,使劲想亲吻自己的父亲。第一次,他碰到了父亲唇边的胡须,但勒皮克先生机械地抬了抬头,似乎故意躲开了。之后,勒皮克先生又弯下了身子,正当胡萝卜须又想要凑上前亲吻时,他把头往后一缩,又躲开了。胡萝卜须本来想亲父亲的脸颊,结果只是轻轻碰到了一下他的鼻子。他放弃了,但他怎么也想不明白父亲为什么会有这种奇怪的行为。

"爸爸难道再也不喜欢我了吗?"他心想,"刚刚我明明看到他亲了费利克斯,一点儿也没有躲开的意思。为什么他要躲着我呢?难道是想让我嫉妒?平日里我经常会留意这种事情。如果远离父母三个月,我会非常想见他们,简直想到发狂。我甚至想像一条小狗那样蹦到他们的脖子上和他们亲热,一起享受来自彼此的爱抚和温存。但他这样的举动实在让我寒心。"

胡萝卜须一个人在那儿胡思乱想,根本没心思好好回答勒皮克先生的问题。他正在问胡萝卜须希腊语有没有进步。

胡萝卜须:"这得看情况,和将法语译成希腊语相比,我把希腊语译成法语更顺利,因为如果碰到不会的单词,我还可以猜猜意思。"

勒皮克先生："那德语呢？"

胡萝卜须："德语发音太难了，爸爸。"

勒皮克先生："该死的！如果开始和德国打仗了，他们在说什么你都听不懂，那还怎么打？"

胡萝卜须："啊！那从现在开始我就好好学德语吧。你总是用打仗来吓唬我，就算要打，那也肯定是等我毕业以后。"

勒皮克先生："上次作文成绩你排第几啊？但愿你不是最后一名。"

胡萝卜须："可是总得有人来当最后一名啊。"

勒皮克先生："该死的！我本来还想带你们出去吃饭的，可惜今天不是星期天，你们还得上课，我可不想打扰你们学习。"

胡萝卜须："我现在倒没有什么要紧事，你呢，费利克斯？"

费利克斯："巧了，老师今天早上正好忘记给我们布置作业了。"

勒皮克先生："你们应该在自己的功课上下更多功夫。"

哥哥费利克斯："啊！功课我早就已经掌握了，爸爸。今天学的东西还和昨天一样。"

勒皮克先生："无论如何，我都更希望你们回学校去。星期天之前我都不会走，我保证一定有机会给你们补上这顿饭。"

费利克斯的嘴噘得高高的，胡萝卜须也在一旁沉默不语，但不管怎样，时间不会停止流逝，离别的时刻还是到来了。

就这样，胡萝卜须等待着离别，内心焦虑不安。

"看来，"他心想，"今后我的学习要有更大的进步才行。也不知道我现在去亲爸爸会不会惹他不高兴。"

他打定主意，扬起嘴巴，眼睛直直地盯着勒皮克先生，朝他走了过去。

但勒皮克先生好像在防备似的，将他推得远远的，然后说："搁在你耳朵上的那支钢笔会把我眼睛捅瞎的。你亲我之前就不能把它拿开吗？我都知道把叼在嘴里的烟斗取下来。"

胡萝卜须："啊！我的老爸啊，请你原谅我吧。我居然做了这么愚蠢的事情，我总有一天会闯下弥天大祸的。其实早就有人这么提醒过我了，可我总觉得把钢笔搁在耳朵上非常方便，一放就放了好久，完全忘了把它拿下来。唉，我至少应该把笔尖拿掉才对。啊！我可怜的老爸啊，原来是我的钢笔让你这么害怕啊，那我就放心了。"

勒皮克先生："该死的！你差点儿把我捅瞎了，竟然还笑！"

胡萝卜须："不，我的老爸，我是在笑别的事情，我脑子里还有一些荒唐的想法呢。"

红脸蛋

一

圣马克学校的校长按照惯例查完寝后,便离开了学生寝室。校长走后,学生们纷纷钻进被窝,把被子卷成筒状,一个个全都缩成一团,生怕露出半点儿身子。学监维奥隆探头望了望,确定所有人都躺下后,才踮着脚,轻轻地调暗了煤气灯。灯一暗,学生们顿时凑在一起叽叽喳喳起来。邻床间,大家窃窃私语,讲个不停。整间宿舍都混着低沉的交谈声,但不时也会响起一两声短促的口哨声。

这些声音特别小,并且持续不断,最后终于让人烦躁起来。黑暗里,学生们絮絮叨叨的声音如同小老鼠在房间里乱窜一般,一点点蚕食着夜晚的宁静。

维奥隆穿着一双旧拖鞋在房间里晃悠，一会儿挠挠这个学生的脚，一会儿又扯扯那个学生睡帽上的绒球。当走到马尔索床边时，他停了下来。每天晚上，维奥隆都要找学生长谈一番，一直聊到深夜。往往到了最后，学生们都会慢慢把被子拉上来盖住嘴，声音逐渐低沉，就这样停止了谈话，随后进入梦乡。而此时，这位学监先生还倚靠在马尔索的床头，胳膊肘紧紧撑在床栏上。他的手臂已经麻了，手指上感觉就像有无数只蚂蚁在爬。

马尔索讲的故事充满童趣，维奥隆听得津津有味，不时还会讲些心里话让这孩子毫无倦意。之后，看着马尔索那白嫩透红的晶莹脸蛋，维奥隆不禁心生怜爱。这小脸蛋简直就像是鲜嫩的果肉，在轻微浮动的空气中显得无比娇嫩，脸上复杂交错的血络清晰可见，就像一条条映在透明图纸下的地图线路。平日里，马尔索的脸有时会无缘无故地涨得通红，像个可爱动人的小女孩一般惹人怜爱。同学们经常把手按在他的脸颊上，然后再突然一缩手，按过的位置便会现出一块白印。随后，他的脸上会立刻染上一层红霞，之后又迅速消散，如同在清水里倒一滴葡萄酒，那光晕千变万化，从粉嫩的鼻尖慢慢扩散到淡紫色的耳垂。每个人都可以摸他的小脸，马尔索也很温顺，从不拒绝。大家给他起了各种绰号，比如"小夜灯""小灯笼""红脸蛋"等。他的神态总是既引人羡慕，又让人嫉妒。

胡萝卜须就睡在马尔索隔壁的床上，和所有人一样，他对马尔索也非常嫉妒。胡萝卜须性格迟钝，身材纤弱，脸上仿佛抹了一层白粉，活脱脱像一个小丑。他无论怎么使劲捏自己的脸，脸上都显不出半分血色。况且，他的脸上还有一些红褐色的斑点。所以胡萝卜须恨不得用指甲在马尔索脸上狠狠抓出几条红杠，像剥橘子一样把他朱砂色的脸颊扒开，只有这样他才会畅快！

　　长久以来，他一直在心里谋划着一些小把戏。今晚，维奥隆刚来到马尔索的床前，他就开始偷听两人的谈话，想从中发现什么可疑之处，看看这位学监先生到底在故弄什么玄虚。他把小侦探的那些招数完全使了出来，假装打着令人发笑的鼾声，还故意在旁边翻翻身，好像做了噩梦似的发出尖锐的怪叫，一下子把全寝室的人都吓醒了，引得大家在被子里传出翻来覆去的响声。维奥隆刚一走，他就把身子探出床外，急切地对马尔索说道："你这个坏蛋！你这个坏蛋！"

　　然而，并没有人回答他。

胡萝卜须跪在床边，抓着马尔索的胳膊用力地摇晃："你听到我的话了吗？坏蛋！"

但那个孩子似乎还是没有听见。胡萝卜须被激怒了，他再次叫了起来："你以为我没看到你们在干什么吗？你敢说他没有亲吻你？你敢说你没干坏事吗？你们就是在干坏事！"

胡萝卜须干脆直接站了起来。他立在床边，伸长脖子，攥紧拳头，活像一只被惹怒了的大白鹅。

可这一次，有人回答了他："是，那又怎样呢？"

胡萝卜须腰一弯，马上又钻回了被窝。

原来学监先生走了回来，就这样突然又出现了！

二

"没错，"维奥隆说，"我亲过你，马尔索；你完全可以大胆承认，因为你并没有做错什么。我亲吻了你的额头，这是一个父亲对孩子的吻。我把你当作我的儿子一样喜欢，当然你也可以认为这是兄弟间的喜欢。总之，胡萝卜须这个小傻瓜什么都不懂，明天他肯定会到处说胡话！"

维奥隆的声音已经近乎颤抖了，此时的他火冒三丈，可胡萝卜须却一边装睡，一边悄悄抬起头，竖着耳朵偷听。

马尔索屏气凝神，仔细地听学监说话。虽然学监的话听起来很自然，可他还是在不停地打冷战，仿佛是在害怕某种来自未知神秘事物的启示。

维奥隆依旧在说话，只是他把声音压得很低，说的单词含糊不清，发出的音节也让人勉强才能分辨。

胡萝卜须已经听不见了，他完全不敢翻身，只是轻微地挪动身子，缓缓地靠向马尔索那边。他的注意力高度集中，整个人非常亢奋，耳朵看起来像是凹陷下去的大漏斗，想要尽可能地听取消息；然而，他还是什么也没听见。

他回想起自己从前有过相同的体会。那时，他在门外偷看，一只眼睛贴在锁孔上，恨不得将锁孔挖大，把想看的东西用钩子钩过来好好瞧个明白。不过尽管现在什么也听不到，但他敢打赌维奥隆还在喋喋不休："是的，这个小傻瓜他什么也不懂！"

最后，这位学监先生弯下身子，温柔地吻了下马尔索的额头，用笔刷般的胡须碰了碰他的脸，然后站起身离开了。胡萝卜须悄悄地望着他，看着他从一排排床铺间走过。中途，维奥隆不小心碰到了其他人的枕头，被吓醒的学生翻了个身，发出重重的叹息声。

胡萝卜须继续窥视了好长时间，生怕维奥隆突然又杀个回马枪。这时，床上的马尔索已经把自己裹成了球，用被子蒙住眼睛，可他并没有睡着，而是在回想刚才发生的一切，这让他完全摸不着头脑。他看不出其中有什么不对劲和能让自己苦恼的。

　　胡萝卜须已经累了,他懒得再等下去了。他的眼皮开始打架,像磁铁一样牢牢合住,似乎再也睁不开了。他强迫自己把注意力集中在那盏快要熄灭的煤气灯上,好打起精神来。煤气灯嘴里冒出许多小气泡,不时发出噼噼啪啪的响声,胡萝卜须刚数到第三个小气泡,就睡着了。

三

　　第二天一早,学生们都在盥(guàn)洗室洗脸,大家用冷水把脸浸湿,然后用毛巾轻轻擦拭汗毛直立的面颊。胡萝卜须恶狠狠地盯着马尔索,尽力表现出一副凶狠的模样,又开始辱骂起来。他咬紧牙关,一个个尖锐的词语从嘴里蹦了出来:"坏孩子!你就是坏孩子!"

　　马尔索的脸顿时涨得通红,但他并未生气,反而用乞求的眼神看着胡萝卜须,说道:"你不要这样说我。"

　　这时,学监先生过来检查学生们的手有没有洗干净。大家站成两排,机械地先伸出手背,再快速翻过来给学监看手心,完事后马上把手缩回去放在口袋里,或者放进附近的鸭绒被里取暖。通常情况下,维奥隆并不会仔细检查。这一次却很不凑巧,他发现胡萝卜须的手没洗干净,于是让他去水龙头那重新洗。可胡萝卜须不乐意了。他的手上的确有一块地方是黑色的,但他坚称那是要长冻疮的前兆，认为学监在记仇，故意找他的麻烦。

维奥隆实在没办法，只好把他送到校长那儿。

校长习惯早起，这会儿，他正在糊着绿色墙纸的办公室里趁着空闲的时间为高年级学生备历史课。他那肥大的手指使劲压在桌布上，正划分着历史上主要的时间节点：这里是罗马帝国的陷落；中间是土耳其人攻占君士坦丁堡；远一点儿的是不知从何时开始，也不知到何时结束的现代史。

校长穿着一件宽松的睡衣，健硕的胸膛上垂着几条绣花饰带，如同圆柱周围环绕着的缆绳。显然，这位先生实在是吃得太多了，一脸横肉，油光满面。他说话时嗓门很大，即使对太太们也这样。衣领上边，堆在脖子上的层层褶（zhě）皱也如同波浪一般缓慢且有规律地起伏着。此外，他那双圆滚滚的眼睛和嘴唇上浓密的胡须也很引人注目。

胡萝卜须在校长面前站着，原本拿在手里的鸭舌帽也夹在两腿之间，这样，他的手就能够解脱出来，自由活动了。

校长的嗓门大得可怕，他朝胡萝卜须说道："到底发生了什么事？"

"校长先生，是学监先生让我来的，他说我的手没有洗干净，但事实根本不是这样的！"

胡萝卜须又一次伸出手来，在校长面前仔仔细细地翻动着：先是手背，再是手心。他不断重复着这个动作，想要向校长证明自己所言非虚。

"啊，这不是事实！"校长说，"那关你四天禁闭算了，孩子！"

"校长先生,"胡萝卜须说,"学监他这是在打击报复我!"

"啊,他对你打击报复啊!那关八天禁闭算了,孩子!"

校长现在的态度很温和,对此,胡萝卜须一点儿也不意外。显然,他把校长的脾气摸得一清二楚。他已经打定主意要承担一切后果了。他整个人站得笔直,两腿并得很紧,看起来甚至不惜挨上一巴掌。校长的癖好比较古怪,平时要是有学生敢顶撞他,他会"啪"的一声,直接反手甩一巴掌过去。倘若学生比较机灵,没等巴掌打过来就蹲下身子躲了过去,校长便会一个趔趄,身子失去平衡,惹得周围看热闹的人哄堂大笑。但这时,他反而不会再动手打人了。作为校长应有其尊严,他不会允许自己再耍一次这种小把戏。他如果打人,要么一击命中对方的脸颊,要么就不再理会了。

"校长先生,"胡萝卜须终于鼓起勇气,底气十足地说,"学监和马尔索两个人干了些不好的事!"

顿时,校长的眼睛就像钻进了两只小飞虫,神色变得慌乱起来,人也从桌子里走了出来,和胡萝卜须面对面地站着。他的双手背在身后,拳头紧攥,整个身体向前倾,用一种低沉的声调向胡萝卜须问道:"什么事?"

校长这一问倒把胡萝卜须直接问懵了。他原本以为校长会一抬手,抄起一册厚厚的书本直接朝他砸过来,比如法国历史学家亨利·马丁的著作。就算校长没有立刻砸他,他也觉得这是迟早的事。可现在,他竟追问起了事情的细枝末节。

校长正等着他回话,脖子上的层层褶皱堆在一起,挤出一团赘肉鼓了出来。他的脑袋安放在这团厚厚的圆形脂肪上，显得异常扭曲。

胡萝卜须犹豫了，尽管确信自己并没有做错，可他却一个字也说不出来。随后，他的脸色变得复杂起来，他弯着腰，姿势看起来既笨拙又窘迫。他伸手去摸夹在两腿间的鸭舌帽，整个人慢慢弯下身，都快缩成一团了。此时，帽子已经被压扁了，他把它抽了出来，慢慢地移动到下巴处，十分扭捏地把他那猴子般的小脑袋埋进了帽子里，一声没吭。

四

当天，校长便直接辞退了维奥隆！维奥隆离开时的场面非常感人，像是在举行一场送别典礼。

"以后我还会回来的，"维奥隆说，"现在只是短暂的离别而已。"

可他说的这句话根本没人相信。学校完全把他当成一种病菌，不得已才做出了这次人员调整。这只不过是一次新旧人员的更替，仅此而已。就像之前离开的学监一样，维奥隆也离开了，尽管离职得更快，可他比别的学监都受欢迎，大部分学生都喜欢他。他会为孩子们写练习本的抬头，比如"某某人的希腊语练习本……"他的字写得非常漂亮，学生们还从未见过哪个人写得比他更好，他笔下的大写字母甚至比招牌字还要工整。当他用戴着绿宝石戒指的纤细手指在纸上优雅地书写时，学生们经常直接离开座位，纷纷跑过去围在他的办公桌旁欣赏。在纸的底部，他还会即兴添上自己的签名。他落笔时，就如同石头落进水里，溅起朵朵浪花，他的字迹规整又多变，忽而笔锋一转，一个签名就完成了。而最后的笔锋融入整个字里，完全不突兀。除非凑得很近，找很久才能找到些许尾锋的痕迹。有一次，他的签名极尽各种线条之变化，整个过程如行云流水，最后的收笔引得学生们惊叹了很久。

　　维奥隆被辞退让学生们感到非常难过。大家商量好了，等校长一出现就要立马对他发出"嗡嗡"声。学生们鼓起脸颊，用嘴唇模仿蜜蜂飞行时的嗡嗡声，借此表达自己的不满。再过几天，他们一定会找到机会这么做的。

　　但是，学生们目前都沉浸在难过的情绪中。维奥隆觉得学生们舍不得自己，于是故意选择了在课间休息的时候离开。他身后跟着一名替他拎行李箱的帮工，当他们在院子里出现时，孩子们全都拥了过去。他握了握孩子们的手，又轻轻拍了拍他们的脸。他被围在中间，面带微笑，显得非常感动。与此同时，他还得尽力从孩子们手里把罩袍的下摆抽出来，免得被他们扯坏了。一些孩子攀上了单杠，挂在上面，身子刚翻到一半就跳了下来。他们满头大汗,嘴巴张开,不停地喘着气。他们将衬衫袖子卷得高高的,手指上沾了点松香,因为怕被黏住,所以分得很开。还有一些孩子,他们比较文静,只是单调地在院子里转悠着,挥挥手向维奥隆道别。那弓着背的帮工也停下了脚步,放下箱子,把在潮湿沙地里翻弄过的手指在他的衣服上擦拭了一番。

马尔索的脸蛋又变红了,像是被画过似的。他感觉自己幼小的心灵第一次感受到了烦恼,此时,他非常彷徨,整个人很不自在,他不得不承认自己对这位学监先生有些许不舍,这种情感就像对自己的兄弟姐妹一样。他站得远远的,看起来很焦急,还有些腼腆。维奥隆朝他走了过去,看起来没有一丝尴尬。这时,大家听到一声窗户玻璃破碎的声音。

所有人都将目光齐齐地投向了那座装着铁栏和玻璃窗的禁闭小屋。窗边,胡萝卜须那难看又野蛮的脑袋探了出来,他拼命做着鬼脸,活像一只被关在笼子里的灰白色的小野兽。他的头发垂了下来,盖过了眼睛,一口白牙露在外面。他的右手从破碎的玻璃窗里伸出来,手被割得鲜血淋漓,还朝维奥隆挥舞着拳头。

"你这个小傻瓜!"维奥隆说,"这下你满意了吧!"

"当然啦!"胡萝卜须叫道,他鼓起力气,又一拳捶碎了第二块玻璃,"谁让你只亲他不亲我呢?"

随后,他将手上被玻璃割破流出的鲜血抹了一脸,又补了一句:"你看,我也有红脸蛋了,只要我愿意,它就能变红!"

虱（shī）子

费利克斯和胡萝卜须一从圣马克学校回到家，勒皮克夫人就催他们赶紧去洗脚。兄弟俩已经有三个月没洗脚了，因为学校里根本没人督促他们这么做，并且校规里也没有哪项提到了这点。

"你的脚还不知道会黑成什么样呢，我可怜的胡萝卜须！"勒皮克夫人说。

她猜得没错儿，胡萝卜须的脚一定比他哥哥的更黑。两个人明明都在同一所学校，遵守着同样的规定，平常也总是待在一起，为什么会有所差别呢？然而事实就是如此。三个月过后，费利克斯的脚的确算不上白，而胡萝卜须呢，他几乎都要认不出自己的脚了。

胡萝卜须感到非常难为情，他像一个扒手一样，鬼鬼祟祟的，趁人不注意，马上机灵地把脚泡到水里。别人还没瞄到他什么时候脱了袜子，他就已经把脚伸进水桶,和哥哥的脚搅在一起了。很快,四只脚上面便浮现了一层令人作呕的污垢。

勒皮克先生像往常一样在院子里散步,在几扇窗户之间走来走去。他一边走,一边翻看着手中兄弟俩近三个月的成绩单,那上面还有校长亲笔写的评语。对费利克斯的评语是:"尽管粗心,但非常聪明,未来可期。"

对胡萝卜须的评语则是:"只需努力便能取得优异的成绩,可惜未能持之以恒。"

有时,胡萝卜须的确能取得好成绩,全家人都感到非常欣慰。此刻,他正双臂交叉放在膝盖上,静静地泡着脚,十分惬意。尽管他披着一头棕红色的头发,模样丑陋不堪,可他还是觉得有人在不停地打量他。

勒皮克先生不愿外露自己的情感,只能通过逗弄胡萝卜须来表达内心的喜悦。他朝胡萝卜须走了过去,用手指轻轻弹了弹他的耳朵,走回来时又用胳膊肘捣了捣他,惹得胡萝卜须开怀大笑。最后,勒皮克先生把手伸进胡萝卜须那一团乱糟糟的头发里,手指在他头皮上弹得噼啪作响,不知道的人还以为这是在帮他捉虱子。其实这正是勒皮克先生最喜欢的玩笑方式。

可是这一次,他真的捏死了一只虱子。

"啊,还挺准的!"他说,"我可是百发百中,从不失手。"

不过,他还是觉得有些恶心,把手放在胡萝卜须的头发上擦了擦。这时,勒皮克夫人却扬起手臂,说道:"我早就料到他有虱子了!"她看起来有些难以忍受,"我的老天爷!我们这些人是多么干净整洁啊!埃内斯蒂娜，快去拿一个脸盆过来，我的好女儿，你现在有活干了。"

埃内斯蒂娜拿来了一个脸盆、一把篦（bì）子，还有一碟醋，开始干活了。

"先给我捉！"费利克斯叫道，"虱子肯定从他那儿跳到我这儿来了！"他用手指疯狂地在头上乱抓，同时希望有人打一桶水来，他要把头放进去。

埃内斯蒂娜非常乐于助人，她说："冷静一点儿，费利克斯，我不会弄疼你的。"

她的手非常灵巧，像变戏法似的把毛巾围在他的脖子上，和妈妈一样充满耐心。随后，她用一只手拨开头发，另一只手轻轻拿着篦子。她没有小看捉虱子这件事，也不怕虱子沾到自己身上，只是在仔细寻找着猎物。每当她喊"又捉到一个"时，费利克斯的脚就会在水桶里跺一下，朝胡萝卜须挥舞着拳头威胁他。而胡萝卜须只是安静地坐着，等着埃内斯蒂娜来替他捉。

"好了，你的搞定了，费利克斯，"埃内斯蒂娜说，"你头上只有差不多七八只，喏，你数数吧。待会儿我们再看看胡萝卜须头上有多少。"

在篦第一下时，胡萝卜须就已经比他哥哥头上的虱子要多了。埃内斯蒂娜以为她捉到了整个虱子窝，可实际上她不过是碰巧捉到了一小堆虱子。

大家都朝胡萝卜须围拢过来，埃内斯蒂娜正全神贯注地捉虱子，而勒皮克先生呢，他的手背在后面，像个好奇的陌生人一样，在旁边打量着埃内斯蒂娜的工作，勒皮克夫人则不停地唉声叹气。

"哎呀！哎呀！"她说，"这情况看来需要动用铲子和耙子了。"

费利克斯蹲在下面，端着盆子，不时移动一下，专门接掉下来的虱子。虱子和头皮屑一起掉进盆中，头上的触角清晰可见，跟眼睫毛似的，还在不停晃动。它们在盆子里还没挣扎多久，就被醋杀死了。

勒皮克夫人说："胡萝卜须，真是弄不懂你了。你这个年龄都已经是大孩子了，也不害臊。你看看你这双脏脚，要不是回到家来，你怕是从来不会洗它们吧。虱子咬你的时候，你既不告诉老师让他们帮你看看，也不告诉家里人。我倒是请你给我们解释一下，这些鬼东西吸你的血到底能让你有多快活？你连管都不管。你知道吗，你的头发里全都是血！"

胡萝卜须："那是篦子把我头皮刮破了流的血。"

勒皮克夫人："好啊！是篦子啊！难道你就是这样感谢你姐姐的？你听到他的话了吗，埃内斯蒂娜？我们家这位娇生惯养的小少爷正在抱怨替他梳头的姐姐呢。我的好女儿，我建议你立马停手吧，看来他是自愿的，活该被虱子咬。"

埃内斯蒂娜："今天我就捉到这儿了，妈妈。我才捉了大部分而已，剩下的得留到明天。不过我跟你讲，我认识的一个女孩，头上长了虱子还喷香水呢。"

勒皮克夫人："至于你，胡萝卜须，你把盆子端到花园里的围墙那儿，让全村的人都来看看你干的好事，我看你还知不知道羞耻！"

胡萝卜须端起盆子走了出去，把它放到太阳底下，自己则在一旁守着。

头一个来的是玛丽·娜纳特老太太。她每次碰到胡萝卜须都会停住脚步，眯着那双近视又狡黠（xiá）的小眼睛，上下打量他。她扶了扶头上的黑色软帽，似乎已经猜到了一些什么。

"这些东西是什么啊？"她问。

胡萝卜须一言不发，于是她便弯下腰，朝盆子里看去。

"这些是小扁头吗？老实说，我已经完全看不清了。我儿子皮埃尔真该早点儿给我买一副老花镜。"她把手指伸进盆子里随意拨了拨，就像马上要拿出来尝一口似的。显然，她真的不知道里面是什么。

"谁又惹你了？你看看你，两眼无神，哭丧着脸给谁看呢？我看肯定又有人吼了你，让你在这儿罚站吧。听着，我虽然不是你奶奶，但心里也时常念着你。可怜的孩子，我太同情你了，我已经可以想象他们每天都让你遭些什么罪了。"

胡萝卜须四处瞟了瞟，确定妈妈不在附近，听不到他说什么，便对老太太说："所以呢？这关你什么事呢？你还是忙你的去吧，让我一个人好好静一静。"

像布鲁特斯一样

勒皮克先生:"胡萝卜须,你去年可没有像我希望的那样好好学习啊。校长在你的成绩单上写的是'只要用功,就可以学得更好'。你肯定整天都在天马行空地乱想,看些不该看的书。你明明记忆力很好,背诵课文的分数也不错,但做作业时却总是很马虎。胡萝卜须,接下来你得认真起来了。"

胡萝卜须:"相信我吧,爸爸。去年我确实对自己的要求不太严格,这次,我一定会刻苦学习,但是我不能打包票一定能考全班第一。"

勒皮克先生:"至少你得尝试一下。"

胡萝卜须:"不,爸爸,你对我的要求也太高了。我地理不好,德语也不好,而且物理、化学也不怎么样,班里只有一两个尖子生能把这些课学好,因为他们从不做别的事,每天专攻这几门课。我是完全不可能超过他们的啊。我是这样想的,爸爸,你先听我说,要不了多久,我的法语作文就会拿奖，这奖一定得是我的。但如果最后结果还是不如人意，我也不会自责，毕竟我努力过了。那时，我也可以像布鲁特斯一样，自豪地说：'啊，道德！你不过只是一个词罢了。'"

勒皮克先生："我的孩子，我相信你会把这些话运用到文章里的。"

费利克斯："他在说什么，爸爸？"

埃内斯蒂娜："我也没听见。"

勒皮克夫人："我也是，胡萝卜须，你再重复一遍吧。"

胡萝卜须："其实我没说什么，妈妈。"

勒皮克夫人："什么？你没说什么？你刚才一副侃侃而谈的样子，满脸通红，振臂疾呼，你那激昂的声音都快传遍整个村子了！把那句话再复述一遍吧，好让大家领会领会。"

胡萝卜须："算了吧，妈妈，真没必要。"

勒皮克夫人："说吧，说吧，你刚才提到的那个人，他是谁？"

胡萝卜须："你不知道的，妈妈。"

勒皮克夫人："那你就更得说说了。请你先端正态度，再按我说的去做。"

胡萝卜须："好吧，妈妈。刚才我们和爸爸聊天时，他给我们提了一些有用的建议。正好我想到了一句名人名言，为了感谢爸爸，我就向他保证会像这个叫布鲁特斯的罗马人一样，于是我就引用了这句话：'道德……'"

勒皮克夫人："道什么德？你别在这儿浑水摸鱼，请你就用刚才的语气一字不差地复述一遍。我这个请求不算过分吧，你好好按我说的去做。"

费利克斯:"要不我来替他复述一遍吧,妈妈?"

勒皮克夫人:"不,他先说一遍,之后你再说一遍,然后我们对比一下。说吧,胡萝卜须,你快点儿。"

胡萝卜须带着一种哭腔,结结巴巴地说:"道,道德,你,你不过只是一个词罢了。"

勒皮克夫人:"我太失望了,你别指望这孩子能干些什么!他宁可挨顿打,也不愿意讨他妈妈欢心。"

"看,妈妈,他刚才是这么说的。"费利克斯眼珠子一转,投出一道满不在乎的目光。

他鼓起腮帮子,狠狠跺了一下脚,说:"如果我的作文成绩不是第一名,我就要像布鲁特斯那样说:'啊!道德,你不过只是一个词罢了!'你看,他刚刚就是这么说的。"费利克斯一边学着胡萝卜须说话,一边夸张地举起手臂,往空中一扬,然后又把手臂放回大腿上。

勒皮克夫人:"非常好!棒极了!我真为你感到高兴,胡萝卜须。不过你为什么这么顽固,不肯再重复一遍呢?我感到很遗憾,毕竟模仿永远超越不了原创啊!"

费利克斯:"可是胡萝卜须,这句话真是布鲁特斯说的吗?难道不是加图说的?"

胡萝卜须:"我确定是布鲁特斯说的。这句话后面还有一句'随后,他便伏在朋友送给他的剑上死去了。'"

埃内斯蒂娜:"胡萝卜须说得对,我记得布鲁特斯还装过疯子,拿着黄金朝手杖里塞呢。"

胡萝卜须:"很遗憾,姐姐,你把我说的布鲁特斯和另一个人弄混了。"

埃内斯蒂娜:"我以前确实也这么认为,但是我可以跟你保证,苏菲小姐的历史课比你们的中学老师教得好。"

勒皮克夫人:"这不重要。你们不要再争了。重要的是,我们家出现了一个布鲁特斯。多亏了胡萝卜须,别人会非常羡慕我们家的!我们有了这么大的荣誉,却一点儿都不知道。你们该好好称赞我们的新布鲁特斯。他的拉丁语说得跟主教一样好,可他拒绝给聋子做两次弥撒。你们转过来,看看他的正面,他的外套上已经出现污渍了,这可是今天刚换上的新衣服!再看看他的背后,哎哟喂,裤子也扯破了。老天啊,他这是在哪儿疯成这样的?不,不,你们好好看看胡萝卜须,看看这位小布鲁特斯的样子!赶紧给我滚吧,野兽一样的小东西!"

胡萝卜须给勒皮克先生的信和勒皮克先生给胡萝卜须的回信选辑

胡萝卜须给勒皮克先生的信（寄自圣马克学校）

亲爱的爸爸：

假期的钓鱼活动已经把我的身子弄垮了。我的腿上长了很多疮，现在我正躺在床上，护士在给我涂膏药。之前，疮还没有长出来时，我感觉非常不舒服，而等它们长出来后，我却不觉得有什么了。但这些疮越来越多了，就像雨后春笋一般，刚治好一个，又马上冒出来两三个。真希望不久后我能痊愈。

勒皮克先生的回信

亲爱的胡萝卜须:

　　既然你已经为初领圣体和上教理课做好了准备,你就应该清楚,人类一直在遭受钉子带来的苦难,你并不是第一个。耶稣的手脚都被钉上过钉子,但他都没有抱怨。要知道,他那可是真的钉子啊!

　　振作起来吧!

胡萝卜须给勒皮克先生的信

亲爱的爸爸:

我现在满怀喜悦地告诉你一个好消息：我又长出一颗牙齿啦。尽管还没有到年龄，但我想这应该是一颗早熟的智齿。但愿这不是唯一一颗。我一定专心学习，保持品行端正，争取让你满意。

勒皮克先生的回信

亲爱的胡萝卜须：

当你长出一颗新牙齿时，我有一颗牙齿松动了，昨天早上刚脱落。所以你看，虽然你多了一颗牙齿，但你爸爸我却少了一颗。其实我们家的牙齿总数没有变化，一切如常。

胡萝卜须给勒皮克先生的信

亲爱的爸爸：

你能想象发生了这种事吗？我们班的拉丁语老师雅克先生昨天过生日，同学们一致推举我代表全班为他念生日贺词。我倍感荣幸，所以花了很长时间准备了一份讲话稿，甚至还在里面引用了几句拉丁语。坦白讲，我对这份稿子非常满意，并且用一张高档便笺纸把它誊（téng）写了一遍。昨天，同学们都小声鼓励我，说："去呀，快去呀！"于是，我特意挑了一个雅克先生没注意的时间，走上讲台。然而，我刚打开信纸，正准备大声朗读："敬爱的老师……"

这时，雅克先生却站起身，生气地喊道："赶紧给我滚回你的位子！"

你能想象我当时逃回位子的时候有多狼狈吗？同学们一个个都低着头，躲在书后面，雅克先生还没消气，他对我说："你来把这段话译成法语！"

亲爱的爸爸，对此你有什么想说的吗？

勒皮克先生的回信

亲爱的胡萝卜须：

等你哪天当上议员，你大概就会明白了。每个人都有各自的职责。显然，学校把你的老师请过来，是为了让他在讲台上讲课，而不是让他听你讲话。

胡萝卜须给勒皮克先生的信

亲爱的爸爸：

我刚才把你送来的野兔肉给我们的历史兼地理老师勒格里先生送过去了。他看上去似乎很喜欢这个礼物，向你表达了衷心的感谢。我刚到他家时，手里拿了一把湿透了的雨伞，他亲手接了过去，把伞放在门厅里。随后，我们谈了一会儿话。他对我说，要是我能再努一把力，年终考试我准是

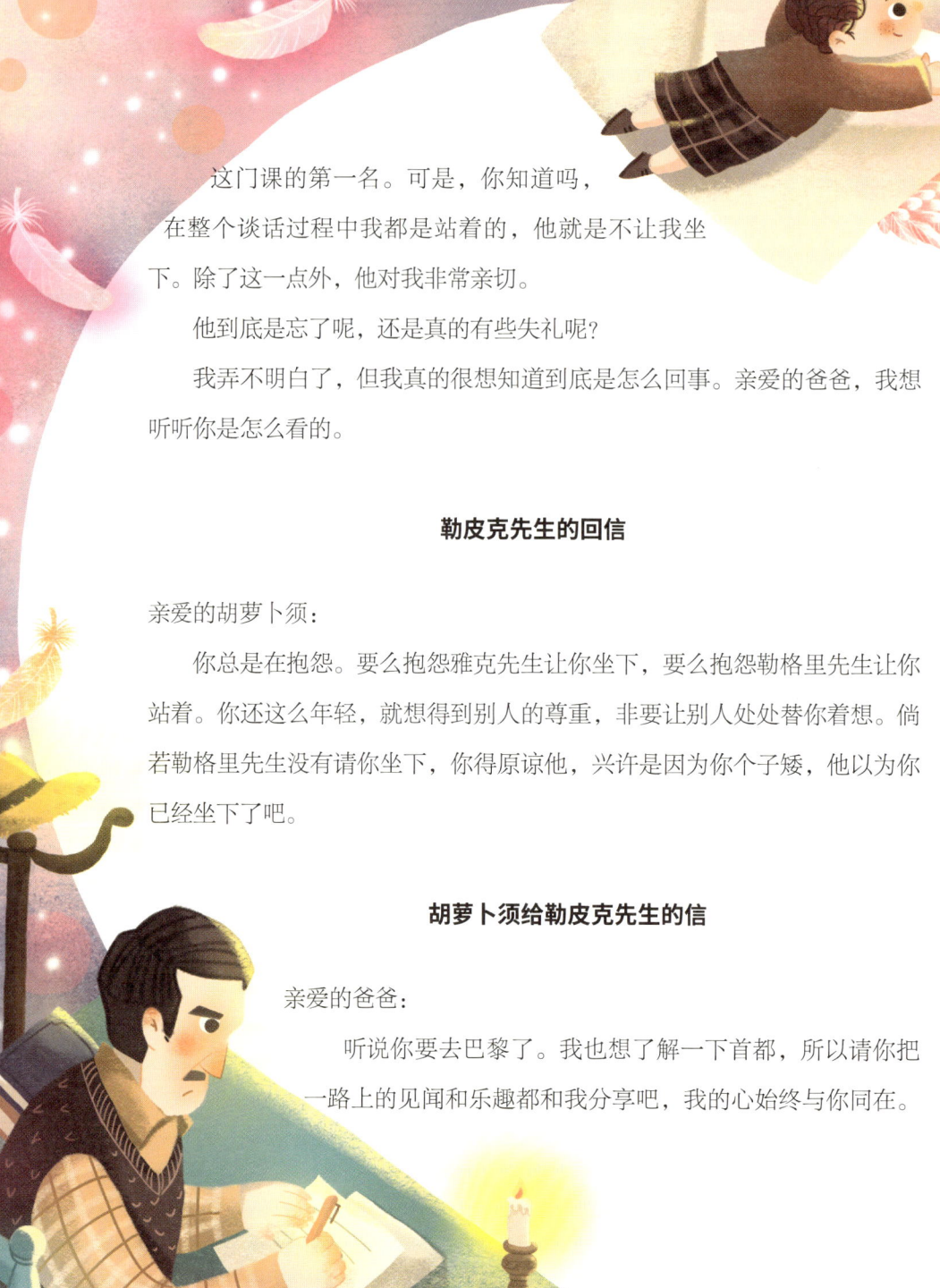

　　这门课的第一名。可是，你知道吗，在整个谈话过程中我都是站着的，他就是不让我坐下。除了这一点外，他对我非常亲切。

　　他到底是忘了呢，还是真的有些失礼呢?

　　我弄不明白了，但我真的很想知道到底是怎么回事。亲爱的爸爸，我想听听你是怎么看的。

勒皮克先生的回信

亲爱的胡萝卜须：

　　你总是在抱怨。要么抱怨雅克先生让你坐下，要么抱怨勒格里先生让你站着。你还这么年轻，就想得到别人的尊重，非要让别人处处替你着想。倘若勒格里先生没有请你坐下，你得原谅他，兴许是因为你个子矮，他以为你已经坐下了吧。

胡萝卜须给勒皮克先生的信

亲爱的爸爸：

　　听说你要去巴黎了。我也想了解一下首都，所以请你把一路上的见闻和乐趣都和我分享吧，我的心始终与你同在。

学校里还有许多功课，我没法和你一起去，但是趁此机会，我想请你帮我买一两本书。目前现有的书，我已经熟读于心了，你随便挑两本就行。虽然从实际上说，书的价值都是相等的，但我更喜欢弗朗索瓦-马利·阿鲁埃，也就是伏尔泰的《亨利亚德》和让-雅克·卢梭的《新爱洛伊丝》。巴黎的书还算挺便宜的，要是你能把这些书买来，我保证学监先生不会没收。

勒皮克先生的回信

亲爱的胡萝卜须：

你信中提到的两位作家也是和我们一样的普通人，所以他们能做到的，你肯定也能做到。何不尝试着自己写几本书，然后自己品读呢。

勒皮克先生给胡萝卜须的信

亲爱的胡萝卜须：

今早，我收到了你的来信，我十分震惊。我反反复复读了好几遍，但仍然感到诧异，你平常写信的风格不是这样的。这次你在信中提到了一些奇怪的事情，而这些是你我都不能理解的。

平时，你会给我们讲述一些生活中的琐事，比如考试的名次，每个老师的优缺点，那些新同学的名字，你的衣服状况，你平常吃得好不好、睡得香不香等。

　　上述这些才是我真正感兴趣的事情，但今天这封信却让我摸不着头脑了。现在明明是冬天，请问你为什么要说春游的事？你想表达什么？你是不是需要一条围巾？你的信连日期都没有，我都不明白这到底是寄给我的还是寄给一条狗的，而且你写信的字体似乎也变了，另外，你的分行和大写字母的使用都让人觉得语无伦次。总而言之，你好像在嘲讽某个人一样，我猜你是在嘲讽自己吧。当然，我并没有指责你的意思，我只不过是在提醒你。

胡萝卜须的回信

亲爱的爸爸：

　　我最近的学习太忙了，所以只能匆忙跟你解释一下关于上一封信的内容。你难道没有发现我的上一封信其实是用诗歌体写的吗？

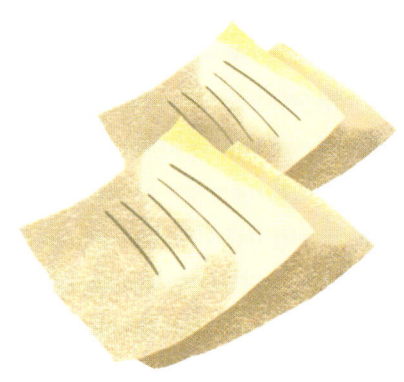

小·屋

　　这间小屋，陆陆续续养过鸡、兔子还有猪，现在却已经空了。每当暑假到来时，这里就变成了胡萝卜须的私人领地。小屋的门早已不翼而飞，胡萝卜须可以很轻松地钻进去。小屋的门口长了许多细细长长的荨麻，胡萝卜须趴在地上朝它们望去，那里仿若一片森林。地面上落有一层薄灰，墙上的石头湿漉漉的，闪耀着无尽的光泽。在这间小屋里，胡萝卜须稍稍一抬头便能触到屋顶。他觉得在这里非常自在，就跟在自己的房间里一样，可以随意消遣。对他来说，与其去玩那些大件玩具，还不如待在这里，尽情沉浸在天马行空的幻想中。

　　他最大的乐子便是用屁股在小屋的四角拱出四个小窝，再用手把土堆成软垫的模样，好让自己在上面舒服地盘坐。

　　他背靠光滑的墙壁，两腿盘着，双手交叉放在膝盖上，感觉十分惬意。他实在没法把身子缩得更小了。他似乎忘却了整个世界，什么也不害怕，也许只有一声惊雷才能惊动他。

　　不远处，洗碗水从厨房的排水沟里流出，有时很多，如湍急的激流；有时又很少，如涓涓泉水，给他带来阵阵凉气。

　　忽然，警报声响起。

　　不远处传来了一阵急促的叫喊声和脚步声。

　　"胡萝卜须呢？胡萝卜须在这儿吗？"

　　一颗脑袋突然探了进来，往下一低，胡萝卜须顿时缩成一团，紧贴着地面和墙壁。他的嘴巴张得大大的，屏气凝神，眼睛直直地盯着前方，感觉到有一双眼睛似乎在黑暗中不停搜索。

"胡萝卜须，你在那儿吗？"

他的太阳穴涨得难受，疼得他快要叫了出来，可他还是坚持忍着。

"他不在，那是只小动物。该死，他到底去哪了？"

来寻他的人走远了，胡萝卜须重新把身子舒展开来，感觉轻松了很多。

可他的思绪还沉浸在这片寂静中，脑海里依旧在浮想联翩。

突然，他的耳朵里又传来一阵喧闹声。屋顶上，一只小飞虫不幸被蜘蛛网黏住了，正不停地拍动翅膀，拼命挣扎。蜘蛛沿着一根丝爬了下来，肚子像面包心那样白。它悬在半空中，焦急地绕着"线团"。

胡萝卜须微微直起身子，在一旁窥视着，等待最终的结局。蜘蛛猛地扑了过去，用它的腿锁住蜘蛛网，死死地缠住了猎物。这时，胡萝卜须激动地直接站了起来，不知道的人还以为他也能分一杯羹（gēng）呢。

然而网上空空如也。

蜘蛛顺着丝线向上爬了回去，胡萝卜须重新坐下，开始平复心情。

没过多久，他那些胡乱的思绪仿佛找不到斜坡可以流淌，如同流水被沙砾阻碍一般，逐渐停了下来，彻底变成了一潭死水。

教父

　　有时，勒皮克夫人同意胡萝卜须去他教父家探望，甚至允许他在那儿过夜。胡萝卜须的教父性格十分孤僻，整天不是钓鱼就是在葡萄园里劳作。他对谁都不关心，唯独对胡萝卜须另眼相看。

　　"来啦，小不点儿！"他说。

　　"是的，教父，"胡萝卜须回答道，甚至省去了拥抱的礼节，"你准备我的钓竿了吗？"

　　"咱们俩共用一根就够了。"教父说。

　　胡萝卜须打开了谷仓门，替他准备的钓竿早就放在里面了。教父总爱这样戏弄他，可他并不感到意外，也从不生气。小老头这种独特的个性反倒增进了他们之间的关系。要是老头说"是"，那么其实他是想表达"不是"的意思，反之亦然。总之，别弄错他的意思就行。

"要是这么做能让你开心，我倒是没什么关系。"胡萝卜须心想。

所以，他俩一直相处得很不错。

平日里，教父一周只做一次菜。今天，他特意做了一锅菜豆烧肉来好好款待胡萝卜须，甚至还在出门前非要胡萝卜须喝上一杯酒。

然后，他们便出门去钓鱼了。

教父坐在水边，慢条斯理地展开他那产自佛罗伦萨的钓线。他用几块沉重的大石头把长长的钓竿压了个严实。钓到鱼后，他只留下大鱼，像给婴儿裹襁褓（qiǎngbǎo）似的用毛巾把它们包好。

"你要注意的是，"他对胡萝卜须说，"等浮子沉下去三次后再把竿提起。"

胡萝卜须问："为什么非要三次以后？"

教父说："第一次不重要，鱼只是过来轻轻咬钩；第二次就要开始注意了，鱼已经真正咬钩了；第三次才能确定鱼跑不了了，能钓上来。注意，也不能太迟起竿。"

胡萝卜须比较喜欢钓鮈（jū）鱼，这是一种体形很小的淡水鱼。他脱掉鞋子，下到河里，用脚不停搅动河底的泥沙，直到彻底把水搅浑。笨拙的鮈鱼慌乱起来，四处游窜。最后，胡萝卜须一钓一个准儿，他赶紧呼唤教父："第十六条、第十七条、第十八条……"

教父抬头看了看天，太阳高高地挂在头顶上，已经晌午了，于是两个人准备一起回家吃午饭。吃午饭时，教父不停地把菜豆往胡萝卜须嘴里塞。

"我没吃过比这更好吃的东西了，"胡萝卜须说，"我确实觉得菜豆要烧烂一点儿才好吃。吃那种没烧烂会磕到牙的菜豆，就跟啃鹌鹑（ānchún）的翅膀时吃到铁弹丸一样，简直比咬到十字镐上的铁还难受。"

胡萝卜须："教父煮的菜豆入口即化。平时我妈妈烧得也不差，只不过和今天这份不同，她得再好好调调酱汁。"

教父："小东西，我就喜欢看你吃饭的样子。我敢说你在你妈妈那里吃饭肯定没在这儿吃得舒服。"

胡萝卜须："这得取决于她的胃口怎么样。如果她肚子饿，那我就可以饱餐一顿，她自己吃菜时也会给我添上一些。可她要是吃饱了，不想加菜，那就没我的份了。"

教父："笨蛋，你可以去找她要啊。"

胡萝卜须："老先生啊，你这话说得倒容易，可我告诉你，这种时候吃不饱就吃不饱吧，还是别惹是生非为好。"

教父："我倒是没有孩子。哪怕有个猴子来当我的孩子，你叫我去怎样讨好他我都乐意！吃饱了，咱们去活动活动吧。"

饭后，他们去葡萄园里散步。胡萝卜须要么跟在教父后面看他挖土，要么躺在葡萄架下望着天空，嘴里咬着一根柳条，吮吸着上面的嫩芽。

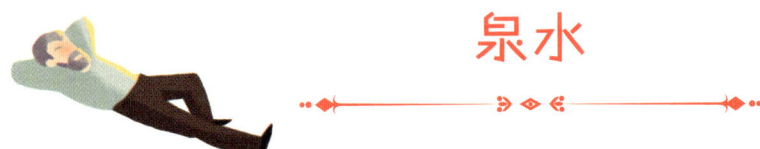

泉水

　　和教父一起睡觉可不是一件舒坦的事。房间里很冷,可铺着羽绒被的床又太热。教父年纪大了,睡在羽绒被里非常暖和,可是身为孩子的胡萝卜须却已经大汗淋漓了。尽管如此,他还是很快活,因为他终于可以睡在远离妈妈的地方了。

　　"你很怕你的妈妈,对吗?"教父问。

　　胡萝卜须:"或者说,其实是我没有让她害怕我。每当她想要惩罚我哥哥费利克斯时,哥哥就会拿起扫帚,直挺挺地站在妈妈面前,而这时妈妈就会停下来。她更愿意对哥哥动之以情,她说费利克斯性格憨厚,因此不能对哥哥采取打骂的法子;相反,这种法子更适合用在我身上。"

　　教父:"胡萝卜须,你也可以试试拿起扫帚站在你妈妈面前。"

胡萝卜须:"天哪!那我也得有这个胆子啊!我跟费利克斯经常打架,有时是真打,有时只是闹着玩。我和他一样壮,所以我不怕他。可让我拿起扫帚对着妈妈,她还会以为我是准备递给她呢。扫帚会从我手里落到她的手上,说不定在揍我前她还会跟我说声谢谢。"

教父:"睡吧,小东西,快睡觉吧。"

可是两个人都睡不着。胡萝卜须心里有疙瘩,他辗转反侧,越想越气,这让他的老教父心生怜悯。

胡萝卜须正在缓缓入睡。在他半梦半醒间,教父忽然抓住了他的胳膊。

"你还在这儿吧,小东西?"他说,"我刚才做了一个噩梦,梦到你掉进泉水里了。你还记得落水那件事吗?"

胡萝卜须:"是的,教父,那场景我历历在目。我并没有怪你的意思,但你经常在我面前提起。"

教父:"我可怜的小东西哟,一想起这件事,我就感到后怕,止不住发抖。当时,我在草地上睡得正熟,你在泉水边玩,脚下一滑就掉进去了。你在水里不停地叫喊和挣扎,可我这个浑蛋却完全没有听见。水其实不

算深，顶多也就可以淹死一只猫，但你怎么都站不起来。这件事简直太不幸了，你当时就没想过要站起来吗？"

胡萝卜须："难道你觉得我现在还记得当时掉到水里在想什么吗？"

教父："最后，你在水里扑腾的声音总算把我吵醒了，好在一切都还不算晚。我可怜的小东西啊！你跟个泵（bèng）一样不知道吐了多少水。之后我给你换了衣服，我还记得那是小贝尔纳在节日里才能穿的漂亮衣服。"

胡萝卜须："没错，那件衣服太扎人了，里面全是鬃毛，弄得我好痒。"

教父："这其实是没办法的事。小贝尔纳的衣服里就没有一件干净的可以拿给你穿。你别看我现在边说边笑，可在当时那种情况，我要是晚一分钟，甚至晚一秒把你救上来，你可能就淹死了。"

胡萝卜须："那我们就再也见不到面了。"

教父："赶紧把嘴闭上吧。我今天老是在这说胡话。自从这件事以后，我没有一天能睡得安稳。失眠就是这件事对我的惩罚，我确实活该受这份罪。"

胡萝卜须："教父，可我不是活该受这份罪啊，我现在只想好好睡一觉。"

教父："睡吧，小东西，你快睡吧。"

胡萝卜须："我的教父哟，要是你真想让我睡着，就把我的胳膊放开吧，等我睡熟后你再抓都行。另外，把你的腿也拿开好吗？你的腿毛弄得我太痒了，很不舒服。有人碰我的时候我是无论如何也睡不着的。"

李子

一阵响动过后,两个人还是在羽绒被里辗转难眠。这时,教父说:"小不点儿,你睡了吗?"

胡萝卜须:"还没睡呢,教父。"

教父:"我也没,我都想直接起来了。要是你愿意,我们就起床去捉虫子。"

"这主意倒不错!"胡萝卜须说。

两人从床上跳了下来,套上衣服,点上一盏灯,径直去了花园。

胡萝卜须负责提灯照路,教父则带了一个马口铁盒,里面装着半盒潮湿的泥土。他喜欢在盒子里存放一些小虫子当作鱼饵,然后在上面再铺上一层湿润的青苔,这样有利于储存小虫子。每次下完一整天雨后,教父总会收获颇丰。

"注意别踩着虫子了，"他对胡萝卜须说，"你走路时脚步轻一点儿。要不是我害怕感冒的话，我肯定要脱掉鞋再走。但凡发出一点儿响声，虫子就会钻进洞里躲起来。只有趁虫子远离洞穴的时候，我们才有机会捉到它们。捉的时候下手要迅速，猛地一抓，抓到后也不能松手，必须抓紧，不然虫子就会滑掉。要是它半截身子已经钻进土里了，那你不如干脆放掉，否则会把虫子弄断了。断了半截的虫子不仅没有一点儿用处，还会影响其他虫子，让它们也跟着慢慢烂掉。烂掉的虫子太小了，鱼根本就不会去咬。有些人钓鱼时总爱节约鱼饵，用烂虫子当饵，实际上他们都错了。若要钓上大鱼，就必须用完整的活虫子当饵，饵虫最好能在水里灵活地摆动、蜷曲，这样鱼就会以为它们是想要挣扎逃走，便会盯住它们，然后放心地咬饵。"

"我总是抓不住它们，"胡萝卜须嘀咕着，"我的手指也被它们分泌的黏液弄得脏兮兮的。"

教父："虫子才不脏呢，世界上再没有别的东西比虫子还干净了。它们只吃泥土，如果被踩扁了，也只不过是变回土壤罢了。总之，要我说，我可以接受吃虫子这件事。"

胡萝卜须："那我都让给你吃好吧，来，吃啊。"

教父："这些虫子太大了，需要先把它们烤一下，再抹到面包里吃，但我也会直接吃一些小虫子，比如李子上的虫子。"

胡萝卜须："好吧，那我明白为什么我家里人这么不喜欢你了，尤其是我妈妈。只要在她面前提到你，她就直犯恶心。你吃虫子我不反对，但我不会和你一样去吃的。其实你这人并不难相处，咱俩的关系就一直很融洽。"

胡萝卜须提起灯，扯着一根李树枝，摘下了好几个李子。他留了几个好的，把长了虫的全给了教父。教父一口咬下，连皮带核直接吞了进去，说道："这几个味道非常不错。"

胡萝卜须："啊！看得我都想跟你一样直接吃掉李子了，可我就怕吃完嘴里会留下难闻的味道，这样我妈妈亲我时肯定会发现的。"

"不会有什么难闻的味道。"教父边说，边朝他的脸上哈气。

胡萝卜须："确实没有。你的嘴里全是烟味，直冲鼻子。我的老教父哟，我那么喜欢你，可要是你不抽烟，我会更喜欢你的。"

教父："你这个小东西啊！小东西！烟我是不能不抽的。"

玛蒂尔德

"你知道的,妈妈,"埃内斯蒂娜朝勒皮克夫人跑来,气急败坏地说,"胡萝卜须又在草地上和玛蒂尔德玩过家家,他当新郎,玛蒂尔德当新娘。费利克斯也跟他们一起,帮他们打扮。如果我没记错,咱们家应该是禁止玩这个游戏的吧?"

事实的确如此。玛蒂尔德站在草地上一动不动,身体绷得直直的。她的身上缀满了白色的野生铁线莲,打扮好后活像一个漂亮的新娘,仿佛人们见到她便能淡忘生活中的一切不幸。

她的头上戴着一个编织好的铁线莲花冠,花枝自然垂落到额前和背后,顺着手臂缠绕住整个身子。长长的花枝已经绕到了地面,可费利克斯还在不停地往上接着花枝,越接越长。

他后退了几步，说道："别乱动！胡萝卜须，下一个就轮到你了。"

等轮到胡萝卜须时，他被打扮成了一个年轻的新郎，全身同样缠绕着铁线莲。为了和玛蒂尔德的穿着有所差别，他身上还装饰了许多山楂果和黄色的蒲公英。他完全没有想笑的欲望，三个人都很严肃，一副正儿八经的样子。他们很清楚，在什么样的仪式上就应该有什么样的仪态。如果在葬礼上，那么从头到尾都需要表现出悲痛的模样，但如果是在婚礼上，直到做完弥撒前都必须要保持庄重，否则，玩起来就没有什么乐趣了。

"你们牵起手吧，"费利克斯说，"慢慢向前走。"

两人靠得并不算太近，一步步地向前迈进。当玛蒂尔德感觉被花枝缠住时，她便会用手指提起长裙。

胡萝卜须抬起一只脚，准备朝前迈步，但他还是很有绅士风度地在前方等候。

费利克斯在前方为他们引路，带他们走过草地。他在最前面倒着走，手臂有节奏地挥舞着，替他们打着节拍。他先扮作市长向他们致意，又装成神父为他们祝福，接下来又扮成亲友祝贺他们并致以赞美，最后则充当小提琴手为他们演奏乐曲，拿着两根木棍互相乱刮。

他指挥着两人前后左右走了一个遍。

"停下吧！"他说，"你们的衣服有些乱了。"

他把玛蒂尔德头上的花冠整理平整后，又开始指挥起这对"新人"了。

"哎哟！"玛蒂尔德叫了一声，面露难色。

一根铁线莲枝丫勾住了她的头发，费利克斯帮她摘了下来。随后，一切继续。

"好啦，"费利克斯说，"现在你们已经结为合法夫妻了，可以亲吻对方了。"

两人还在犹豫，费利克斯继续说："嗯，怎么啦？亲一下嘛。结婚时新人都会亲吻的，互相说说甜言蜜语，表白一下。你们脸上的表情也太木讷了。"

费利克斯嘲笑着他们的局促，自己却显得很从容，也许因为他早就向某个女孩示过爱了吧。于是，他做了一个示范，带头亲了亲玛蒂尔德，就当作辛苦一天的奖励了。

胡萝卜须终于鼓起勇气，掀开挡在玛蒂尔德面前的铁线莲枝，亲吻了她的脸颊。

"这可不是玩笑话，"他说，"将来我一定会娶你当新娘的。"

玛蒂尔德似乎默认了他的话，也回亲了他。没过多久，两人就变得扭捏起来，满脸通红，看样子非常害羞。

见此情形，费利克斯开始拼命嘲笑他们："脸红啦！你们脸红啦！"

他搓搓手，又跺跺脚，嘴角扬起了轻蔑的笑容。

"两个傻子！你们还真以为以后能结婚啊！"

"第一，"胡萝卜须说，"我没有脸红；第二，你要笑就笑好了，反正如果妈妈答应，你也没法阻止我娶玛蒂尔德。"

然而这时，妈妈真的亲自过来表示反对了。她推开草地的栅栏，朝他们走过来，身后还跟着之前偷偷打小报告的埃内斯蒂娜。在走过篱笆旁时，她还折了一根荆（jīng）条，随后把上面的叶子全部拔掉了，只留下了刺。

她径直走了过来，看样子这场灾难无论如何是免不掉了。

"小心脑袋别开了花。"费利克斯说。

说完，他撒腿就跑，一直跑到草地尽头，找了一个地方躲了起来，偷偷观察着这边的情形。

胡萝卜须可从来不当"逃兵"。尽管他平日里很胆怯，但今天却异常勇敢，想尽早了结这件事。

玛蒂尔德已经在旁害怕得浑身发抖了，她不停地啜泣着，那样子就跟刚守了寡的小妇人似的。

胡萝卜须："不要害怕。妈妈的脾气我再清楚不过了，她就是冲我来的，你放心，所有事情由我一个人承担。"

玛蒂尔德："虽然如此，但你妈妈会跟我妈妈告状，我妈妈也会打我的。"

胡萝卜须："这只是改正错误罢了。就跟我们在假期作业里做错了题，然后改正错误是一样的。你妈妈也会让你改正吗？"

玛蒂尔德:"有时会吧,但是,这得看情况。"

胡萝卜须:"反正我肯定会被狠狠地教训一顿。"

玛蒂尔德:"但我又没做错什么啊。"

胡萝卜须:"别怕,这都算不得什么。当心!"

勒皮克夫人已经走过来了,现在,他们两人已经完全落入了她的魔掌。她有的是时间教训他们,于是,她放慢了步子。一旁的埃内斯蒂娜怕枝条打在自己身上受到牵连,早就停下脚步,躲得远远的了。玛蒂尔德哭得梨花带雨,身上白色的铁线莲花已经完全凌乱了,可胡萝卜须却始终坚定地挡在他的"小新娘"面前。勒皮克夫人扬起荆条,准备朝他抽过去。胡萝卜须脸色惨白,双臂交叉挡在胸前,缩着脖子。荆条还没落在他身上,他就已经感到腰腹和小腿火辣辣地疼了。他气势十足地喊道:"这又有什么大不了的,不就是玩游戏嘛!"

银箱

第二天,胡萝卜须又和玛蒂尔德碰了面。

她对他说:"昨天,你妈妈到我家来,把事情全都告诉我妈妈了,然后我的屁股被打开了花。你怎么样了?"

胡萝卜须:"我啊?我都快记不得了。不过你这顿打挨得还真不值,我们又没有做什么错事。"

玛蒂尔德:"对啊!我们真的没做错什么。"

胡萝卜须:"不过,我得跟你强调一点,我说过以后一定会跟你结婚,这话我是非常认真的。"

玛蒂尔德:"我也是,将来我也一定要跟你结婚。"

胡萝卜须:"因为咱俩贫富差距比较大,本来我应该看不上你,但你别怕，我还是会尊敬你，咱们会相敬如宾的。"

玛蒂尔德："胡萝卜须，你到底多有钱啊？"

胡萝卜须："我爸妈少说也有一百万法郎。"

玛蒂尔德："一百万法郎到底是多少呢？"

胡萝卜须："很多，非常多，富人的钱多到永远花不完。"

玛蒂尔德："我爸妈却总是抱怨自己没钱。"

胡萝卜须："啊，我爸妈也一样！每个人都喜欢通过抱怨来博得别人的同情，从而取悦那些妒忌心极强的人。但我心里清楚，我家确实有钱。每月第一天，爸爸总会一个人在他的房间里待上一会儿。这时，我会听到银箱上锁的咔嚓声，到了晚上，这声音听起来就像蛙叫。爸爸念完一个单词，银箱的门就打开了。妈妈、哥哥和姐姐都不知道这个单词，除了我和爸爸外，没有人知道。爸爸从里面拿出钱来，随后把钱放在厨房的桌子上。他一言不发，只是自顾自地把箱子里的钱币摇得哗哗响，这样的话，正在炉灶上忙活的妈妈才听得见。爸爸离开后，妈妈就会转过身来，迅速把钱收好。他们每个月都这样，已经持续好久了，这足以证明银箱里的钱不止一百万法郎。"

玛蒂尔德："你爸爸开箱前念了一个词，那是什么呢？"

胡萝卜须："这你就别想知道了，问也是白费力气。只要你保证不告诉别人，等我们结婚的时候我就告诉你。"

玛蒂尔德："你现在就告诉我吧，我保证绝对不告诉别人。"

胡萝卜须："不行，这是我爸爸和我两个人之间的秘密。"

玛蒂尔德："我看你根本不知道那个词吧，不然你肯定会告诉我的。"

胡萝卜须："不好意思，我确实知道。"

玛蒂尔德："你不知道，你肯定不知道。你在吹牛。"

"那我们打赌吧。"胡萝卜须正儿八经地说。

"怎么赌？"玛蒂尔德问道，她看起来有些犹豫。

"你让我随便碰你一下，"胡萝卜须说，"我就告诉你。"

玛蒂尔德直勾勾地看着胡萝卜须，似乎没听懂是什么意思。她眯起了双眼，原本灰色的眼珠子现在变得都快看不见了。之前，她仅仅想知道是什么词，而现在又多了一件事情让她好奇了。

"你先告诉我是什么词，胡萝卜须。"

胡萝卜须："你得发誓我告诉你后，你就让我随便碰一下你。"

玛蒂尔德："我妈妈可不让我发誓。"

胡萝卜须："那我就不告诉你，你永远也不会知道了。"

玛蒂尔德："我已经不在乎你告不告诉我了，反正我已经猜到了。对，我已经猜到了。"

胡萝卜须不耐烦了，他突然决定把那个词说出来。

"你听好了，玛蒂尔德，你根本就没有猜出来，但我相信你是个信守承诺的人。我爸爸在开箱前念的词是'卢斯图克鲁'。我说完了，现在我可以随便碰你了吧。"

"卢斯图克鲁！卢斯图克鲁！"玛蒂尔德一边后退，一边念叨着这个词。此时，她既因为知道了这个秘密而兴奋，又有些害怕胡萝卜须其实是在诓她。"真是这个词吗？你确定没哄我？"

胡萝卜须没有答话，他走上前，下定决心，朝她伸出了爪子。可玛蒂尔德躲开了，只听见她的嬉笑声。

等他听见身后有人嘲笑他时，玛蒂尔德已经跑得不见人影了。

胡萝卜须转过身，宅子里的一个用人从马厩的天窗探出头来，龇牙咧嘴地威胁他。

"我看到了，胡萝卜须！"他大声叫嚷道，"刚才的事我会全都告诉你妈妈。"

胡萝卜须："皮埃尔大叔，我是在闹着玩的。我不过是想逗逗那个小姑娘。'卢斯图克鲁'这词是我编的，我根本就不知道这个词。"

皮埃尔："哈！小小年纪就会骗人，小心晚上挨一顿打！"

胡萝卜须无言以对，脸涨得比头发还红。最后，他双手插兜，灰头土脸地走开了。

打猎

勒皮克先生每次出去打猎时,总会轮流带上两个儿子中的一个。他们会背着小猎袋跟在爸爸身后,由于猎枪方向的缘故,他们通常会稍稍靠向右边走,这样才不会被猎枪误伤到。勒皮克先生走路从来都健步如飞,不知疲倦。跟在他身后的胡萝卜须也热情高涨,毫无怨言。哪怕脚被鞋子磨破了,脚指头相互拧着,肿得像个小榔头,他也一声不吭。

倘若一开始勒皮克先生就打到了一只野兔,他会说:"你是想把它存放在最近的农庄里,还是藏在篱笆下面等我们晚上打完猎回来拿?"

"不,爸爸,"胡萝卜须说,"还是我自己背着好了。"

有时,一整天他都得背着两只野兔和五只山鹑。他会把手或帕子垫在肩上的猎袋皮带下,这样就能缓解肩膀的疼痛。如果他们碰上了其他人,他还会得意扬扬地转过身，向别人炫耀着战利品，这时，他会忘记沉甸甸的猎袋给他带来的疼痛。但胡萝卜须也会感到疲倦，尤其是当他们一无所获时，他会失去虚荣心的支撑，变得毫无动力。

"你就在这儿等我，"勒皮克先生有时会这样对他说，"我去那块耕地里看看。"

胡萝卜须只好停下来，站在太阳下面，整个人气得不行。他看着爸爸一沟一沟、一块一块地搜寻着整片耕地，就像用钉耙把整块土地平整了一遍。勒皮克先生用猎枪在篱笆、灌木丛和蓟（jì）草丛里不断敲击，最后连皮拉姆都累得够呛，动都不想动了。它找了一块阴凉的地方躺了下来，伸出舌头，不停地喘着粗气。

"但那里什么也没有。"胡萝卜须心想，"是啊！那些荨麻、草丛都已经被翻来覆去地踩烂了，多半不会藏有猎物。我要是只野兔，就会在树叶底下找个沟渠躲起来。这么热的天，我才懒得动呢！"

他在背后偷偷地小声诅咒着勒皮克先生。

勒皮克先生又跳过了一块栅栏，到另一边的苜蓿（mùxu）地里继续寻找猎物。要是在那里还不能找到一只野兔，那才真是见鬼了。

"他让我在这儿等着，"胡萝卜须嘀咕着，"现在我倒觉着我得跟在他后面一起跑。要是一天开头倒霉，那这天结束时也会倒霉。爸爸啊，我跑得浑身都是汗，连狗都累趴下了。我已经腰酸背痛了，不知道的人还以为我在这儿坐着很舒服呢。我们今晚回去时肯定一无所获。"

胡萝卜须总是这样天真地犯傻。他每次一摸鸭舌帽的帽檐，皮拉姆就会停下来，浑身毛发直竖，尾巴也直挺挺地翘起。勒皮克先生会踮着脚，背着枪，朝猎物轻轻靠过去。胡萝卜须一动也不敢动，周围稍微有什么动静都能让他喘不过气来。他把帽子提了起来。忽然，几只山鹑飞起，或是一只野兔从窝里窜出。这时，只要看胡萝卜须把帽子重新戴上，还是把帽子放在手上模仿出敬礼的姿势，就可以知道勒皮克先生打没打中了。

胡萝卜须自己也承认，这法子并不是百试百灵的。同样的手势要是做得多了就会失去效果，就像同样的征兆并非每次都预示着好运，二者是同样的道理。有时，胡萝卜须就不做这种手势了，但还是差不多能奏效的。

"你瞧见我刚才那一枪了吗？"勒皮克先生掂了掂手里余温尚存的野兔。他用力按压着野兔那金黄色的肚子，想尽快了结它的生命。

"你为什么在笑？"

"你能打到它，这可多亏了我。"胡萝卜须说。

这次的成功让他充满自信，他开始向爸爸炫耀自己的好方法。

"此话当真？"勒皮克先生问。

胡萝卜须："我发誓这是真的！但我也不敢打包票每次都能奏效。"

勒皮克先生："小傻瓜，你还是快闭嘴吧。你要是还想在别人眼中保持机灵的形象，我劝你还是别在外人面前说这些鬼话了，不然人家会当面笑话你的。如果你只是时不时跟爸爸开个玩笑，这倒没什么关系。"

胡萝卜须："我保证再也不说了，爸爸。你说得有道理，请原谅我，我就是一个头脑简单的蠢东西。"

苍蝇

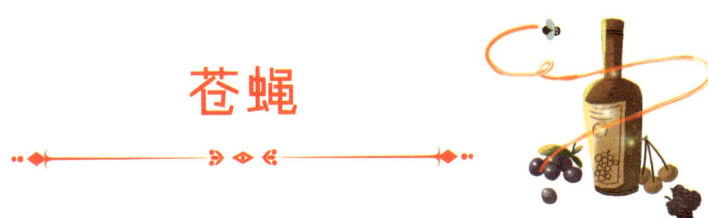

打猎还没有结束。胡萝卜须自责地耸了耸肩,怎么也想不到自己竟然这么愚蠢。他重新燃起热情,继续跟着爸爸的脚步走了下去。一路上,他始终留意勒皮克先生的脚印,一心要把自己的脚完完全全地踩在爸爸的脚印上。他迈开了步子,仿佛是在逃避一个吃人的妖魔。有时看到路边的桑葚、野梨和黑刺李,他会停下来摘上几颗。这些果子味道很涩,吃完嘴唇会泛白,却非常解渴。此外,他在小猎袋里还装了一瓶烧酒。他一口接着一口地喝。最后,差不多一整瓶烧酒都被他一人喝光了,因为勒皮克先生正全神贯注地打猎,竟完全忘了找他要酒这回事。

"要来点儿酒吗,爸爸?"

一阵风刮过,随之而来的是一声拒绝。看着手中这杯本是给爸爸倒的酒，胡萝卜须只好无奈地一饮而尽。酒瓶已经空了，胡萝卜须的脑袋有些发昏，整个人晕晕沉沉的。他继续跟着爸爸朝前走，忽然，他又停了下来，把一根手指伸进耳朵里不停地掏，随后又把手指拿出来，整个人好像在假装听什么似的。他朝着勒皮克先生叫喊道："爸爸，爸爸，你知道吗？我耳朵里好像进了一只苍蝇。"

  勒皮克先生："我的孩子，你自己把它掏出来吧。"

  胡萝卜须："它往里钻得太深了，我掏不到。它一直在里面嗡嗡直叫。"

  勒皮克先生："那干脆等它自己死在里面好了。"

  胡萝卜须："它万一在里面产卵做窝了怎么办？"

  勒皮克先生："你把手帕角搓成长条状，伸进去弄死它。"

  胡萝卜须："要不然我倒点儿烧酒进去淹死它？你同意我这么做吗？"

  "你想倒就倒吧，"勒皮克先生朝他叫道，"但是你得赶紧弄好。"

  胡萝卜须把酒瓶口对准了自己的耳朵，尽管酒瓶已经空了，他还是假装又倒了一回，免得勒皮克先生待会儿找他要酒喝。

  没过多久，胡萝卜须兴高采烈地朝勒皮克先生跑去，边跑边说："爸爸，你知道吗？我听不见苍蝇的声音了。它肯定死翘翘了，只不过它把酒都喝光了。"

第一只丘鹬（yù）

"你站在那儿别动，"勒皮克先生说，"那个位置不错。我带狗去林子里找找，争取把丘鹬赶出来。待会儿一听到'噼噼'的声音，你就赶紧竖起小耳朵，并且睁大眼睛看仔细了，丘鹬会从你的脑袋上飞过去的。"

胡萝卜须怀里紧紧抱着猎枪，这是他头一回打丘鹬。以前，他打死过鹌鹑，打掉过山鹑的羽毛，还赶走过野兔，用的正是手里这把勒皮克先生的猎枪。

打鹌鹑那回，他趴在地上，猎狗蹲在一旁。刚开始，他观望了好一会儿，却什么也没看到。鹌鹑像一个小圆球，浑身的颜色和泥土相似，很难被发现。

"你往后挪一下，"勒皮克先生说，"距离太近了。"

但胡萝卜须还是本能地又向前走了一步。他把枪顶在肩上，对着鹌鹑近距离地开了一枪，直接把这个灰色的小圆球轰进了土里。鹌鹑整个身子都被

他轰没了，只剩下几根羽毛和带血的喙（huì）。

然而，一个年轻人若要成为一名真正的猎手，还是得打只丘鹬来证明自己。对于胡萝卜须来说，不如就让今晚成为他生命中的扬名时刻吧。

人人都知道，在黄昏时刻看东西会产生一定的错觉，目标物体会显得非常模糊。一只蚊子始终在胡萝卜须耳边发出堪比雷鸣的嗡嗡声，因此他非常烦躁，想赶紧打中丘鹬，了却这桩事。几只斑鸫（dōng）从草地里飞起，不一会儿就消失在橡树丛中。他把枪对准它们，训练着自己的准线。枪口上有些许水汽，看起来有些模糊，胡萝卜须用袖子擦了擦，身旁不时飘落下几片枯叶。终于，两只丘鹬飞了出来，那长长的喙在飞行时看起来很笨重。它们在微微颤动的树林上空盘旋，亲密地互相追逐嬉戏。

正如勒皮克先生之前所说，它们发出来"噼噼"的叫声，但那叫声实在是太微弱了，以至于胡萝卜须都怀疑丘鹬是否已经真的飞了过来。他连忙移动目光，搜寻着丘鹬的轨迹。忽然，他看到两个阴影从脑袋顶上飞过，于是赶紧用肚子顶住枪，对准目标朝空中放了一枪。枪声在幽静的树林里回荡。一只丘鹬被打中了，喙朝地上落了下来。胡萝卜须捡起这只断翅的丘鹬，骄傲地晃了晃，鼻子使劲地嗅着火药味儿。皮拉姆兴奋地朝他跑了过来，而勒皮克先生则跟在后面，迈着和往常一样的步子走了过来。

"他肯定惊呆了。"胡萝卜须心想，他觉得爸爸准会好好夸奖他一番的。

此时，胡萝卜须身上还沾着火药味。但勒皮克先生拨开树丛，用一种平静的语调对他说："你怎么没把两只都打下来呢？"

鱼钩

胡萝卜须正在给钓到的鱼刮鱼鳞，今天他收获颇丰，有鮈鱼、欧鲌（bó），甚至连鲈鱼也钓上来了。他用刀把鱼鳞刮落，把鱼开膛破肚，随后拉出两个透明的鱼鳔用鞋跟踩破。至于从鱼肚里清出来的内脏，他把它们堆在一起准备拿去喂猫。他干活麻利，非常专注，整个身子几乎要趴在那满是白沫的木桶上了，却还是注意着别把衣服弄湿了。

勒皮克夫人走了过来，看看他干得如何。

"做得不赖嘛，"她说，"今天你钓到的这些美味的鱼，够我们做上一大锅了。你根本就不笨，只要用心干，就能干得很好。"

她轻轻抚摸着胡萝卜须的脖子和肩膀，可她突然把手一缩，连连发出痛苦的惨叫。她的手指上扎进了一枚鱼钩。

埃内斯蒂娜闻声跑来，费利克斯跟在她身后。没过多久，勒皮克先生也跑来了。

"把手伸出来给我们看看。"大家赶紧说道。

但勒皮克夫人却把受伤的手指用裙子裹着，夹在两个膝盖之间，这样反而让鱼钩扎得更深了。费利克斯和埃内斯蒂娜连忙把她扶住，勒皮克先生抓住她的手臂，高高举起，好让全家人都能看清受伤的手指。鱼钩已经整个从手指里穿过去了。勒皮克先生尝试着把鱼钩取出来。

"啊！不！别这样直接拔！"勒皮克夫人发出了尖锐的叫声。

勒皮克先生不得不戴上了他那副夹鼻眼镜。

果不其然，手指的一侧露出了钩尖，而另一侧则是钩环。

"见鬼！"他说，"看来得把鱼钩弄断才行。"

但是鱼钩怎么弄得断呢？勒皮克先生才刚开始使劲，甚至都没抓住鱼钩，勒皮克夫人就已经跳了起来，痛得大喊大叫了。这不就相当于在剜她的心，要她的命吗？更何况，鱼钩还是用上好的钢材制的。

"这样，"勒皮克先生说，"就得把手指上的皮肉给割开了。"

他扶了扶鼻子上的眼镜，拿出小刀，开始在手指上割口子。可小刀实在太钝了，完全割不开。于是，勒皮克先生只好继续使劲把刀口朝下按。终于，手指被割开了，血渗了出来。

"啊！啊！"勒皮克夫人不停地叫着，声音听起来让人胆战心惊。

"再快一点儿，爸爸！"埃内斯蒂娜说。

"再忍耐一下！"费利克斯对妈妈说。

勒皮克先生渐渐失去了耐心，他拿着小刀，在勒皮克夫人手指上胡乱划口子。幸好勒皮克夫人悄悄抱怨了几声"屠夫！屠夫！"后就晕了过去，不用再承受接下来的痛苦了。

趁着勒皮克夫人失去意识的空当，勒皮克先生脸色苍白，发疯一样在妻子的手指上乱割，试图找到鱼钩。勒皮克夫人的手指上已经满是伤痕了。最后，鱼钩终于被拿了出来。大家舒了口气，一切总算是结束了。

整个过程中，胡萝卜须没有发挥一点儿作用。在妈妈叫出第一声时，他就逃走了。此时，他正坐在楼梯上，双手托腮，试图厘清整件事情的来龙去脉。很可能是哪次他甩竿时，鱼钩不小心挂在背上了。

"我说之后鱼怎么老是不咬钩呢。"他说。

听着妈妈的呻吟，起初胡萝卜须并没有觉得难过，说不定待会儿就轮到他开始撕心裂肺、歇斯底里地惨叫了。也许只有这样才会让勒皮克夫人消消气，原谅他的过错。

邻居们也闻声而来，向他打听发生了什么事："发生了什么啊，胡萝卜须？"

他一言不发，捂着耳朵跑开了。不一会儿，邻居们已经看不见那个顶着一头棕红色头发的小脑袋了。于是，大家在楼梯下站成一排，等着听这件事情的缘由。

最后，勒皮克夫人走了过来。她的脸像刚生完孩子时那样苍白，由于刚刚从巨大的危险中脱离出来，她看起来还略有几分自傲，在众人面前展示着自己精心包扎后的手指。她战胜了疼痛，朝着众人露出了一丝微笑，讲了一些宽慰他们的客套话，随后温和地对胡萝卜须说："这回你可让我吃了一个大亏，我的小宝贝，但我不怪你，这并不是你的错。"

勒皮克夫人可从来没有用如此语气和胡萝卜须说过话。听到这话，胡萝卜须吃了一惊，他抬起头，怔怔地看着妈妈被纱布和细绳包裹好的手指。手指干干净净、方方正正，活像一个穷孩子玩的布娃娃。见此情形，他的眼眶里满是泪水。

勒皮克夫人弯下了腰。胡萝卜须还以为和往常一样要挨一顿揍，于是他习惯性地用手护住了脑袋。然而这次，勒皮克夫人却宽宏大量地当着所有人的面亲吻了他。

他弄不清状况了，显得有些不知所措，眼泪一下子夺眶而出。

"不是都跟你说过了嘛，这件事情到此为止，我也已经原谅你了，你还哭个什么劲儿！难道你眼里的妈妈就那么凶吗？"

然而胡萝卜须却哭得更大声了。

"还哭什么？这不是在犯傻吗？不知道的人还以为他被人掐住了脖子。"勒皮克夫人对着这些被她的仁慈所感动的邻居们说道。

她把鱼钩递给众人，大家纷纷好奇地观看起来，其中一个人甚至断定这是八号鱼钩。渐渐地，勒皮克夫人的语速流畅起来，开始滔滔不绝地叙述起整件事情的经过。

"啊，要不是我真的爱极了他，我当时非要把他弄死不可！就这么一个小鱼钩，简直危险极了！我差点儿以为它会直接把我钓上天堂。"

埃内斯蒂娜建议把鱼钩扔远一点儿，丢到花园里面，挖一个洞埋起来，再拿土盖上，踩严实了。

"啊，别丢吧！"哥哥费利克斯说，"我倒想留着它以后钓鱼用。好家伙！这只沾过妈妈血的鱼钩肯定不错！我要把它带出去，钓很多很多鱼！争取把像大腿那么粗的鱼也给钓上来！"

费利克斯使劲地摇晃着胡萝卜须的身子。可胡萝卜须现在还在发愣呢，他还没有从躲过一场责罚中缓过神来。他的心里充满愧疚，喉咙里不停发出沙哑的呜咽声，他大把大把地捧起水，冲洗着自己这张本该吃好几记耳光的丑陋脸庞。

银币

一

勒皮克夫人:"你有什么东西不见了吗,胡萝卜须?"

胡萝卜须:"没有啊,妈妈。"

勒皮克夫人:"你都没有检查一下,怎么就肯定什么都没丢呢?你还是先翻翻你的口袋吧。"

胡萝卜须的口袋里里外外被他翻了一个遍,他怔怔地望着耷拉在外面像驴耳朵一样的口袋,说:"啊,真的丢了!妈妈,你快还给我吧。"

勒皮克夫人:"还给你什么?你真的丢东西了吗?本来我就是随口一问,没想到还真让我猜中了!你到底弄丢了什么东西?"

胡萝卜须:"其实我也不知道我到底丢了什么东西。"

勒皮克夫人:"你给我当心点儿!你又要说谎了,对吧?你胡说八道的时候就像一条冒冒失失的欧鲌,一点儿分寸也没有。你最好想清楚了再告诉我,究竟什么东西不见了?是你的陀螺吗?"

胡萝卜须:"没错,我都快想不起来了。我确实把陀螺弄丢了,妈妈。"

勒皮克夫人:"你错了,我的小心肝儿。你的陀螺,我上周已经没收了。"

胡萝卜须:"那恐怕就是我的小刀。"

勒皮克夫人:"什么小刀?谁给你的?"

胡萝卜须:"没人给我。"

勒皮克夫人:"我可怜的孩子,这样我们永远也弄不明白了。别人要是知道,指定会以为我把你逼疯了。现在这里就我们两个人,我要心平气和地问问你这件事。假如孩子真心爱自己的妈妈,他一定会老老实实地坦白一切的。我打赌你肯定把你那块银币弄丢了。这件事我的确不知道,但我想我一定说中了。别不承认,你的鼻子在微微抖动,你已经暴露了。"

胡萝卜须:"妈妈,我确实把银币弄丢了,那本来是教父周日给我的,我却弄丢了,这简直太糟糕了。这件事情让我郁闷极了,不过我会自己安慰自己的。况且,多一块银币少一块银币钱这种事情,我不能太过斤斤计较。"

勒皮克夫人:"胡说!亏我还在认真听你讲话。教父这么疼爱你,你不但弄丢了他给你的银币，还对此不以为意。他要是知道了，肯定会气坏的。"

胡萝卜须："我们可以这样想，就当我已经把这块银币随便花掉了。我总不可能一辈子都守着这一块银币吧？"

勒皮克夫人："够了，别在我面前装模作样了！你既不应该弄丢这块银币，也不应该未经允许就胡乱花掉。既然银币已经没有了，那你就自己想方设法弥补这个损失。不管你是再去捡一块，还是自己造一块，随便你。快走开，别再跟我强词夺理了！"

胡萝卜须："那好吧，妈妈。"

勒皮克夫人："以后不准再用这种怪腔调说'那好吧，妈妈'这种话来装作顺从，也别再让我听到你模仿那些赶马车的人吹口哨，或者嘴里发出哼哼唧唧的声音，我不想看到你那副吊儿郎当的样子。总之，你给我注意了，别在我面前来这套！"

二

胡萝卜须在花园里的小道上踱着步，一个劲儿唉声叹气，边找银币边用鼻子嗅来嗅去。每次，他一觉得妈妈在看他，就会站着不动或者弯下腰来在酸模草丛和细沙里找来找去。当他觉得勒皮克夫人走开后，就会继续抬起头朝前走，也懒得再找了，反正也只是做做样子。那该死的银币究竟丢在哪

里了?不会是被鸟叼走,藏到树上的鸟窝里去了吧?

有的人有时并不想寻觅什么,抱着漫不经心的态度也能捡到银币,这种事情真的有人亲眼看见过。但胡萝卜须就算伏在地上,用膝盖和指甲到处翻找,却连一根别针也找不出来。

渐渐地,胡萝卜须厌倦了这种毫无希望的寻找,最后他放弃了,决定还是先回到屋子里看看妈妈现在的状况再说。兴许她已经平静下来了,觉得如果银币找不到就算了。然而,他却没有看见勒皮克夫人。他扭捏地轻声呼唤:"你在哪儿,妈妈?"

没有人回答她。勒皮克夫人刚刚出去,屋内那张干活用的桌子抽屉是打开的,里面放着白色、红色和黑色等各种颜色的毛线团和针线。在这一堆毛线团中,胡萝卜须一眼就看到了夹在当中的几块银币。

这些银币仿佛躺在抽屉里很久了,静静地睡在那里,似乎很少被人唤醒。它们随意散落在抽屉的各个角落,一时间竟看不出到底有多少块。

可能是三四块?又或许有八块?总之很难数清,除非把整个抽屉都翻出来，拿出所有线团抖个遍才行。所以该怎么弄清到底有多少块呢？

胡萝卜须只有在重要时刻才会手足无措，但在平时，他还是非常机敏的。于是，凭借自己的这种特质，胡萝卜须下定决心，果断地伸手从里面拿了一块银币，然后迅速溜走了。

一路上，胡萝卜须内心忐忑，懊悔不已，唯恐刚才的行径东窗事发，可他再也不愿冒险回到桌子那边了。胡萝卜须径直朝外跑，一刻不停，跑遍了所有小径才找到一个合适的地方。他"丢"下了这块银币，用脚把它深深踩进土里，随后自己也趴下来，鼻子被路边的野草搔得直痒痒。他到处乱爬，身子在地上画了许多不规则的圆圈，这让人不禁想到在游戏中，一个人被蒙住眼睛，到处寻找被藏起来的物品，而其他人在旁边逗弄他，拍着腿，焦急地喊道："注意！要摸到了！要摸到了！"

三

胡萝卜须："妈妈，妈妈，我终于找到了。"

勒皮克夫人："是吗？我也找到了。"

胡萝卜须："真的吗？喏，我的在这儿。"

勒皮克夫人："你看，我这也有一块。"

胡萝卜须："好，那你拿过来给我看看。"

勒皮克夫人："你也把你找到的拿来让我看看。"

于是，胡萝卜须和勒皮克夫人拿出了各自的银币。

胡萝卜须拿着两块银币不停地摆弄、比较，心里却在想着接下来的说辞："这就奇怪了。妈妈，你那块是在哪找到的？我是在那边小径旁的梨树下面找到的。在发现它之前，我至少在那附近走了二十遍。银币在树下闪闪发光。一开始我还以为是一朵白槿花，甚至都没想捡起来。可能之前某一天我在草丛里打滚疯玩的时候，银币从我口袋里掉出来了吧。妈妈，你弯下身看看这小东西躲藏的地方吧，没想到它竟然给我带来了这么大的麻烦。"

勒皮克夫人："我相信你的话。我这一块是在你另一件外套里找到的。尽管我提醒了你很多次，可你换衣服时还总是忘记检查口袋。所以我就想好好给你上一课，要你自己去找也是为了好让你吸取教训。看来，'只要用心去找总能找到'这句老话还是挺管用的。你看看，你现在不止有一块银币，你足足获得了两块呢。好了，现在你已经腰缠万贯了，事情也圆满解决了，但我还是得给你打个预防针，金钱并不意味着能带来幸福。"

胡萝卜须："那现在我可以去玩了吗，妈妈？"

勒皮克夫人："当然没问题。快去玩吧，把你这两块银币也拿上。你这年龄正是该玩的时候。"

胡萝卜须："啊，妈妈，我只要一块银币就够了！我的好妈妈，另一块就请你替我收着吧，等我需要的时候再拿给我。"

勒皮克夫人："不行，亲兄弟也得明算账。两块都是你的，一块是你教父给的，另一块是你自己在梨树下捡的。除非失主来找你要，不然你就拿好

了。可这一块银币到底是谁丢的呢？我真是想破脑袋也想不出来，你觉得是谁的呢？"

胡萝卜须："我更不知道是谁的了。今天我就不想了，明天再说吧。妈妈，谢谢你，我们待会儿见。"

勒皮克夫人："等一下！你说这会不会是园丁丢的？"

胡萝卜须："要不我现在赶紧去问问他？"

勒皮克夫人："别去，宝贝，你就在这儿帮我好好想想吧。首先，你爸爸这样的年龄不会这么疏忽，你姐姐总是把钱放在储蓄罐里。再就是你哥哥，他一般有钱就花，根本没钱可丢。这么说还真有可能就是我丢的。"

胡萝卜须："妈妈，我想你做事这么仔细，应该不是你丢的。"

勒皮克夫人："就算是大人，有时也会像小孩子一样犯错误。先不说这个了，你就别再操心了。快去玩吧，好儿子，别跑太远了。现在我得去看看我那干活桌子的抽屉了。"

胡萝卜须告别了妈妈后，本来都已经跑出去玩了，可听到这话他又折返了回来。他目送着妈妈走远，内心不停地挣扎着要不要告诉妈妈真相。终于，他突然跑到妈妈面前，拦下她，一声不吭，直接把脸送了上去。

勒皮克夫人看着胡萝卜须，举起右手对他说："我就知道你在撒谎，没想到你能把谎撒成这样啊。现在你撒了两个谎，我要是任凭你这样下去，以后你就会偷鸡蛋，然后再去偷牛，偷所有能偷的东西。"说完，一记耳光"啪"的一声落在了胡萝卜须的脸上。

个人的想法

晚上,壁炉里的连根树桩烧得正旺。一旁,勒皮克先生、费利克斯、埃内斯蒂娜和胡萝卜须正坐在一起闲聊。四人的椅子前腿都高高地翘着,不停摇晃。所有人都畅所欲言,趁着勒皮克夫人不在的时候,胡萝卜须开始表达他的个人想法了。

"我觉得吧,"他说,"家族亲缘关系的说法毫无意义。爸爸,你知道我有多么爱你!但我爱你并非因为你是我爸爸,而是因为你和我是朋友。事实上,你并没有为当我的爸爸而做些了不起的事情,可我始终把我们之间的友谊视为一种极高的恩典。你本不必非要给予我这种恩典,但你还是毫无保留地赐予了我。"

"啊!"勒皮克先生应了一声。

"那我呢，那我呢？"费利克斯和埃内斯蒂娜也兴冲冲地问道。

"你们也是一样的，"胡萝卜须说，"你们成为我的哥哥姐姐本就是注定的，既然如此，我有什么好感谢你们的呢？假如我们三个人没有生在勒皮克家，那又怪得了谁呢？你们没法改变这种亲属关系，而这种强制性的关系对我而言是无益的。我之所以对你们心怀感激，只是因为，你，我的哥哥，你保护了我；而你，我的姐姐，你给予了我无微不至的照顾。"

"我理应如此。"费利克斯说。

"你从哪儿来的这些奇怪的想法？"埃内斯蒂娜问道。

"刚刚我说的观点，"胡萝卜须继续补充，"肯定能基本概括一种普遍的现象，但我并没有特指某一个人。哪怕妈妈今天也在这儿，我依然会当着她的面这么说。"

"你绝对不敢在她面前说第二遍。"费利克斯说。

"你觉得我有哪一点说错了吗？"胡萝卜须回答道，"你不要总曲解我的意思！我又不是一个冷血无情的人，我深深爱着你们，心里的爱意远比我表现出来的要强烈。然而这种爱并不平凡，虽然并非出于本能，却也不落俗套，它是有意识的，理性且符合规律的。没错，符合规律，我就是要表达这个意思。"

"你成天就喜欢用这种连自己都不明白含义的词汇，什么时候你才能把这个坏习惯纠正过来？"勒皮克先生一边说着，一边起身准备回房睡觉，"你这么小的年纪，就喜欢到处卖弄和显摆。要是你爷爷还活着，听到我说

你发表的这些话,
他一定会先踹我一脚,再赏我一记
耳光,让我打心眼里明白,我只不过是他的一个孩子罢了。"

"但我们总该说点儿话来打发时间吧。"胡萝卜须说,他的内心已经有些不安了。

"你要是闭嘴会更好的。"勒皮克先生一边点蜡烛,一边说道。

随后,他走开了。费利克斯也跟在他后面走了。

"睡个好觉吧,我的老朋友!"他对胡萝卜须说。

紧接着,埃内斯蒂娜也站了起来,认真地对胡萝卜须说:"晚安,我亲爱的朋友!"

大家都走了,只剩下胡萝卜须一个人。他神色茫然,不知所措。

昨天,勒皮克先生已经告诉他该如何思考了。

"你所说的'人家'到底是指谁呢？"勒皮克先生对他说，"'人家'并不存在。'人家'指的并不是某一个人。你太过局限于你所听来的那些话了，开动脑筋好好想想吧，学会表达你个人的想法，刚开始时哪怕只有一点点想法都行。"

实际上，这是胡萝卜须第一次尝试表达自己的想法，可他却碰壁了。他把火盖好，沿着墙把椅子摆整齐，看了看钟表上的时间后就回房了。他的房间里有一个楼梯直通地窖，所以大家又把这间房称作地窖房。夏天，这个房间非常阴凉，打好的猎物可以在里面存上足足一周都不会坏。房间里，一个盘子里装着最近一次打到的野兔；此外，还有几个筐子，里面装满了喂鸡用的谷子。胡萝卜须非常喜欢光着膀子把手伸进筐子里随意搅动，对此总是乐此不疲。

平时，全家人的衣服都用衣架挂在这个房间里。胡萝卜须对此印象颇深，因为晾晒的衣服很像没有手脚的飘浮在空中的魅影。但是今晚，胡萝卜须却一点儿也不害怕了。他没有被清冷的月光和阴影吓到，甚至对花园里的那口看起来仿佛是专门挖好等人从窗户往下跳的井也无动于衷。

如果他想到可怕的事，可能会怕，但他今天根本就没往那方面想。他只穿了一件衬衫，就大步向前走。而平常，他会踮起脚走路，因为地上的红砖冰冷刺骨。

胡萝卜须躺在床上，眼睛望着那些由潮湿的石膏制成的瓶子，脑海里却继续萌生出各种奇特的念头，他把它们称为"个人的想法"，因为这些想法只会保留在他的脑海里。

风暴中的树叶

很久以来,胡萝卜须一直都在关注着那棵高高的白杨树最顶端的一簇树叶。树叶虽小,却引起了胡萝卜须无尽的幻想。

胡萝卜须一直期待着那簇树叶能动起来。

这簇树叶仿佛和整棵树脱节了似的,自顾自地生长着,无拘无束。

每天,在朝晖和晚霞的照耀下,树叶都熠(yì)熠生辉,然而到了中午,它们就开始纹丝不动,彻底陷入死寂了。与其说是一簇树叶,更不如说它们像是一团斑点。胡萝卜须已经不耐烦了,甚至有些恼火,这时,树叶终于有了摇动的迹象。

在它的下方,相邻的树叶也发出了同样的信号。紧接着,其他树叶也纷纷响应,它们和旁边的树叶紧密地交流着,一片又一片地把信号迅速传递开来。

事实上，这是一个信号。因为不远处的天边出现了一团圆帽状的棕色乌云。

白杨树开始战栗起来！它试图通过摇动身子来驱散周围令人窒息的压抑气氛。

白杨树的这种焦急情绪似乎也传染给了周围的山毛榉（jǔ）、栎树和栗子树。一时间，花园里所有的树都摆动起来，表明自己已经接收到了警示。天边那顶"圆帽"还有继续扩大的迹象，清晰的轮廓和无边的阴影正在不断向前蔓延。

这些树木全都舞动着瘦弱

的枝条，使站在树上的鸟儿全都停止了鸣叫。之前，乌鸫还在纵情歌唱，清脆的声音如同一颗颗生豌豆不断从嘴里蹦出；斑鸠也扭动着五颜六色的脖子，发出咕咕的吟唱声，惹得胡萝卜须一阵注目；连讨厌的喜鹊也不停地摆动尾巴，聒噪得不行。而现在，它们都沉寂下来了。

  树木们开始挥动粗壮的触须，想赶走敌人。

  可那顶棕色的巨大云帽依然在缓缓前进，没有停止它侵略的步伐。

  乌云渐渐笼罩了整片天空，继续蚕食着剩下的蓝天。它堵住了能够吸纳外面新鲜空气的窟窿，一心要让胡萝卜须完全窒息。有时，它几乎要承受不住自身的重量，仿佛就要坠落到村子里；可当它触碰到钟楼的顶尖时，可能因为害怕被捅破，又生生停下了。

  它就这样出现在人们的眼前，虽然什么都没做，但已经有人开始惊慌失措了，四周响起一片嘈杂声。

  树木们纷纷缠绕在一起，似是混乱，又似是愤怒。胡萝卜须心想，树叶深处肯定有许多鸟巢，里面藏着无数圆圆的眼睛和白色的喙。树木们的树梢不停地上下摆动，一次次沉下去，又一次次重新竖起，那样子如同昏睡时突然惊醒的小脑袋。树叶也在空中成群结队地盘旋飞舞，好像被驯服了似的，害怕飞走，想重新挂回树枝上。细长的刺槐树叶唉声叹气；飘落的白桦树叶不停抱怨；栗子树叶迎风呼啸，就连爬墙而上的马兜铃藤蔓也在啪啪作响。

  低矮处，矮壮的苹果树抖落下了几个苹果，重重地摔在了地上。

更低处，醋栗的红色汁水汩汩流淌，黑茶藨（biāo）子也迸出了黑色的果浆。

如果继续把目光朝低处移，会发现卷心菜正狂热地摇动着驴耳朵似的叶片，洋葱则蹿得老高，相互碰撞，连装满种子的球体都折断了。

为什么会这样呢？到底发生了什么事情？现在这些情景是想传达什么信息呢？老天爷既没打雷，也没下冰雹，连一道闪电、一滴雨点都没有。然而白日里却真切地出现了寂静的黑夜景象，漆黑的风暴颠覆了一切，让胡萝卜须惊惶不安。

现在，乌黑的云帽已经给太阳戴上了一层面具，完全延展开来。

胡萝卜须很清楚，乌云仍在移动；它由浮云组成，缓缓滑行，马上就要逃跑了。他终于可以重新见到太阳了。但是，乌云不仅笼罩了整个天空，还紧裹着胡萝卜须的脑袋和前额，包住了他的眼睑。胡萝卜须紧紧闭上了眼。

他用手指堵住耳朵，可外界的风暴还是怒号着，呼啸着，涌入了他的体内。

他的心仿佛路边的纸屑，轻易就被卷走了。

在风暴中，他的心被反复揉皱、挤压，最后越来越小。没过多久，胡萝卜须的心就只有小球那般大了。

反抗

一

勒皮克夫人："我亲爱的小胡萝卜须，你最乖了，请你去磨坊帮我买一斤黄油回来吧。听话，去的时候跑快点儿，待会儿吃饭时要用。"

胡萝卜须："我不去，妈妈。"

勒皮克夫人："'我不去，妈妈'，你为什么会这样回答呢？好了，赶紧去吧，我们都等着你呢。"

胡萝卜须："我不去，妈妈，我不想去磨坊买黄油。"

勒皮克夫人："什么？你竟然不去？你到底在说什么？你清楚是谁在要求你去吗？你不会还在做梦吧？"

胡萝卜须："我不去，妈妈。"

勒皮克夫人："行了，胡萝卜须，我再跟你说一遍。现在，我命令你马上去磨坊给我买一斤黄油回来。"

胡萝卜须："我已经听明白了，但是我不去。"

勒皮克夫人："天哪！难道是我在做梦吗？到底是怎么回事？竟然这样不听我的话，这还是你生来头一遭。"

胡萝卜须："没错，妈妈。"

勒皮克夫人："你竟然不听你妈妈的话。"

胡萝卜须："没错，妈妈，我不要听你的话。"

勒皮克夫人："好哇，我倒要看看你能掀出多大浪花。还不赶快给我滚出去！"

胡萝卜须："我就不滚，妈妈。"

勒皮克夫人："你给我闭嘴！滚出去！"

胡萝卜须："让我闭嘴可以，但我不滚。"

勒皮克夫人："还不赶快拿着这个盘子去买黄油？"

二

胡萝卜须不说话了，可他却也没有行动。

"都快来看啊！有人要在这里跟我对抗啊！"勒皮克夫人扬起胳膊，站在楼梯上叫嚷着。

这的确是胡萝卜须第一次对她说"不"。要是她打扰他做事了，或者他正好在玩，那还情有可原。可胡萝卜须明明坐在地上，扭着脚趾，正抬着头闭目养神。现在，他高高地仰起头，直视着她，这让她有些摸不着头脑了。她像是在求救一般，把所有人都喊了过来。

"埃内斯蒂娜，费利克斯，这里出了一件新鲜事！快过来看，记得把你们的爸爸和阿珈特也喊过来，千万别嫌人多。"

这时，街上的几个路人也纷纷驻足准备看热闹。

胡萝卜须远远地站在院子中间。大家都无比诧异，面对危险，他竟还能保持如此镇定。更令人惊讶的是，勒皮克夫人忘了揍他。也许是这次的事件太过严重，以至于她一时间竟不知怎么办才好。望着胡萝卜须那锐利而炽热的眼神，勒皮克夫人没有和往常一样使用一些恫吓的手段。不过，尽管已经竭力克制，可内心压抑着的愤怒还是让她气得发抖，嘴里不停地呼喊着。

"我的朋友们，"她说，"我非常有礼貌地请胡萝卜须给我帮一个小忙，让他在散步时顺便去一趟磨坊。你们猜他是怎么回答我的？你们可以自己去问问他，免得让人以为我在说瞎话。"

事实也无须多言，光看胡萝卜须那态度，每个人就都能猜到了。

埃内斯蒂娜向来温柔体贴，她朝胡萝卜须走过来，低声在他耳边说：

"当心点儿，你闯大祸了。姐姐还是爱你的，你听姐姐的话，服软算了。"

费利克斯则是一副看好戏的样子。他站的地方可是一个好位置，所以他不会轻易让开。他还在鼓动胡萝卜须，可他根本不曾想过，要是以后胡萝卜须真的不再如此顺从，那么相当一部分的活就得落在他这个哥哥的头上了。昨天，他还看不起胡萝卜须，觉得弟弟太过懦弱，但今天，他已经完全以平等的姿态对待胡萝卜须了。此时，他非常开心，一副雀跃的样子。

"整个世界都要被颠覆了！"勒皮克夫人震惊地说，"既然这样，那我就什么都不管了。你们来评评理，好好管教一下这个野兽吧。正好爸爸和儿子都在，让他们好好把这件事掰扯掰扯。"

"爸爸，"胡萝卜须说，他有些害怕，说话时喉咙好像被什么堵住了似的，毕竟他现在做的事和往常完全不同，"要是你让我去磨坊买一斤黄油，我会二话不说就替你去买。我只替你去，我拒绝替妈妈跑这一趟。"

对于这样的恭维，勒皮克先生似乎并不感兴趣，反而有些恼火。胡萝卜须这么一说，他的权威反倒不怎么管用了，因为一屋子的人都在看他如何就这一斤黄油的事情教训胡萝卜须。

勒皮克先生觉得有些不自在，他在草地上来回走了几步，随后耸了耸肩，转过身直接回了屋子。

整件事情暂时就结束了。

最后的话

这一晚，勒皮克夫人生病卧床，没有出来吃晚饭。尽管和往常一样，大家在吃饭时都默不作声，但事实上每个人都感受到气氛有些不自然。勒皮克先生折好餐巾，随即往桌上一扔，说道："有没有人愿意跟我到比基农旧路那儿走一走？"

胡萝卜须心里清楚，爸爸这么说实际上是在邀请他一起出去。于是，他站了起来，和往常一样把椅子往墙边靠好，老老实实跟着爸爸出门了。

一开始，两个人只是在静静地走着，谁也不出声。但事实上，早上发生的事将不可避免地被提到，只不过父子俩谁都没有马上说出来罢了。一路上，胡萝卜须都在心里琢磨着这件事，同时还在盘算着该怎么解释。现在，他已经准备好了。虽然白天他的情绪非常激动，但他丝毫不后悔自己的所作所为，也不害怕接下来将面临的暴风雨。终于，勒皮克先生开口了。在听了他的语气后，胡萝卜须一颗心终于放了下来。

勒皮克先生："你还在等什么？赶紧解释一下，为什么要惹你妈妈生气呢？"

胡萝卜须："亲爱的爸爸，这件事已经让我纠结很久了，现在是时候让它结束了。我要向您承认：我不再爱妈妈了。"

勒皮克先生："啊，为什么呢？你从什么时候开始这么想的呢？"

胡萝卜须："从我认识她的时候就开始了，总之有很多原因，非常复杂。"

勒皮克先生："啊，我的儿子，这可太遗憾了！她都对你做了什么，让你感到这么不愉快呢？这些你至少要跟我讲讲吧。"

胡萝卜须："一言难尽，得从很久以前开始说起。不过，你真的一点儿也没有察觉到什么吗？"

勒皮克先生："确实注意过一些，有时我看到你一个人板着脸，一副闷闷不乐的样子。"

胡萝卜须："实际上，每当听到别人说我生闷气时，我就会更加恼火。"

当然了，胡萝卜须这个人不会真的记仇。在别人眼中，他只是闷闷不乐罢了。既然如此，那就随他去吧，等他气消了，冷静下来后，他就会从之前的郁闷里走出来，又在大家面前表现出一副乐呵呵的样子了。况且也没必要太过在意他，本来就没发生什么大不了的事情。

"爸爸,请你原谅我。对于别人的爸爸妈妈或者陌生人来说,这些也许的确算不上什么。我承认我有时会表现出一副生闷气的样子,但我跟你讲,实际上我内心已经火冒三丈了。我真的忘不了自己受过的那些欺负和委屈。"

勒皮克先生:"别想了,别想了,快忘掉这些不愉快吧。"

胡萝卜须:"不,我忘不掉。你平时在家的时间不多,实际上有些事你并不清楚。"

勒皮克先生:"是的,我的确经常出远门。"

听到这番话，胡萝卜须已经稍显满足了："爸爸，你有你的工作，那都是你分内的事。你专心忙事业，可妈妈呢？我不知道这么说合不合适，除了我之外，她就没有别的狗可以打了。当然，我不是说要把这些都怪到你头上，毕竟只要我跟你告状，你肯定会替我讨回公道的。只要你想听，我可以一点一点把之前发生的事情全跟你讲一遍。等你听完之后就会知道我说的是不是真话、有没有夸大事实了。可现在，爸爸，我真的需要你帮我想一个法子。我想跟妈妈分开生活。在你看来，有没有什么最简单的法子？"

勒皮克先生："你每年也只不过会在放假的两个月里见到她。"

胡萝卜须："那你就允许我假期也在学校里过吧，这样，我的学习说不定也会进步的。"

勒皮克先生："假期待在学校里，这是给穷人家孩子的恩惠。你要是也这样，大家都会以为我把你抛弃了。况且，你也别总想着自己，毕竟家里还有我呢，你不会感到太孤独，至少我会照顾你的。"

胡萝卜须："你可以来学校看我，爸爸。"

勒皮克先生："胡萝卜须，要是这样，我们确实满意了，可路费的开销实在太大了。"

胡萝卜须："那你可以在出差时绕一下道，顺便来看我。"

勒皮克先生："不行，一直以来，我对你和你的哥哥、姐姐都是一视同仁的。这种不偏心我得继续保持，不能过分偏爱某一个人。"

胡萝卜须："既然如此，那就别让我上学了。你就说我偷了你的钱，把我从学校接回来了，再让我去学一门手艺就好了。"

勒皮克先生："学什么手艺？你的意思是，比如把你送去修鞋匠那里当学徒这种吗？"

胡萝卜须："无所谓，去哪儿学都行。要是能养活自己，我就自由了。"

勒皮克先生："我可怜的胡萝卜须，现在说这些话已经太晚了。难道我花这么多钱送你去上学，就是为了让你以后去哪个铺子里钉鞋板吗？"

胡萝卜须："爸爸，我的哥哥和姐姐都是幸福的。而要是如你所说，妈妈并不是存心跟我过不去，那我就可以把这一页揭过去了。至于你，你是一家之主，连妈妈都怕你，她不可能成为你幸福路上的绊脚石。这么说来，世界上确实有一些人是幸福的。"

勒皮克先生："你这个固执的小鬼头，你在说什么傻话呢？你真的知道人内心的真实想法吗？你以为自己知道所有的事情吗？"

胡萝卜须："爸爸，我自己的事情我很清楚。至于别的，我也在尽力弄懂。"

勒皮克先生："好吧，胡萝卜须，我的朋友，你最好打消获得幸福的念头吧。我把话放在这儿，你以后绝不会感到比现在幸福，绝对不会。"

胡萝卜须："也许是这样吧。"

勒皮克先生："有时候你得学会妥协，学会坚强，等你长大了，你就可

以过自己想要的生活了。到那时，你要是觉得性格和脾气跟我们合不来，你就算不和我们过，自己搬出去都行。可是在那之前，你得试着控制自己的情绪，学会去观察那些和你一起生活的人。这样你才会感受到乐趣，我保证你会从中得到意想不到的宽慰。"

胡萝卜须："或许每个人都有各自的难处，但同情他们，那是我明天才会做的事情，而今天，我要为自己伸张正义。还有谁的命运比我更差呢？我就只有这么一个妈妈，然而这个妈妈和我却互相讨厌对方。"

"那我呢？你以为我很喜欢她吗？"勒皮克先生突然不耐烦地说道。

听到这话，胡萝卜须抬起眼眸，大吃一惊。他久久地看着爸爸那坚毅的脸颊和浓密的胡须。或许是因为刚才讲了太多话，勒皮克先生此时已经合上了嘴。他眉头紧皱，皱纹爬上了眼角，而那低垂的眼睑让他看起来仿佛在边走路边打盹。

胡萝卜须一时间竟不知说什么才好了。他的心里藏着一丝欢乐。此外，他感到自己正紧紧地抓着一双强有力的大手，这让他感到力量无穷。但同时，他又害怕这一切都会随风飞去。紧接着，他攥紧了拳头，朝着黑夜里沉睡的村子狠狠地挥舞了几下，大喊道："你这个可恶的女人！你简直坏透了！我恨你！"

"别这样说，"勒皮克先生说，"再怎么样，她也是你妈妈。"

"啊！"胡萝卜须回答道，他又变回之前朴实谨慎的样子，"她是我妈妈这件事和我说的话并没有必然联系。"

胡萝卜须的相册

一

若是一个陌生人翻看勒皮克家的相册,他一定会大吃一惊。相册里有许多张埃内斯蒂娜和费利克斯的照片。照片的背景富丽堂皇,两人穿着各式各样的服饰,或坐着,或站着,或开心,或皱眉。他们表情丰富,姿势各异。

"可为什么没看到胡萝卜须的照片呢?"

"我之前有几张他小时候的照片,"勒皮克夫人说,"但是因为拍得实在是太可爱了,照片都被别人拿走了,到最后一张也没给我剩下。"

然而事实并非如此,实际上根本就没有人给胡萝卜须拍过照片。

二

胡萝卜须本人还有许多与众不同的特征：

他的长相一点儿也不受欢迎。

他的鼻子长得像鼹鼠凿出来的窝。

他的耳朵里总是会有面包皮，怎么掏也掏不干净。

他会把雪放在舌头上，等融化后再吃下去。

他会用打火机点火，走路的姿势非常难看，活像一个驼子。

他的脖子上总是有一层青黑色的污垢，看起来像戴了一个项圈。

此外，他身上的气味很奇怪，完全闻不到麝（shè）香的味道。

三

他是家里起得最早的主人，每次女仆起了，他也就起了。

冬天，早上天还没亮的时候，他就下了床，用手指摸钟表上的指针来辨认时间。

等咖啡和巧克力做好后，他会匆忙地伸出手，抓起一把食物就往嘴里塞，有什么就吃什么。

四

当有人把他介绍给别人时,他会把头扭过去,把手从背后拿出来,弯着腿,挠着墙,一副不耐烦的样子。

要是有人问他:"胡萝卜须,你愿意亲我一下吗?"

他会回答:"啊,倒也没这个必要!"

五

勒皮克夫人:"胡萝卜须,别人跟你说话时,你得回答。"

胡萝卜须:"吼,莫莫①。"

勒皮克夫人:"我早就提醒过你,小孩子嘴里吃东西时就不要讲话。"

六

他总是习惯把手插进兜里,当勒皮克夫人走过来时,他便迅速把手抽出来,可每次都为时已晚。

兴许哪一天,勒皮克夫人会把他的手和衣兜一起缝上。

七

"不管别人如何对你,"教父亲切地对他说,"只要你撒谎,那就

---

① 胡萝卜须原本要说"好的,妈妈",因为嘴里被食物塞满了,所以才发出这种声音。

是不对的。撒谎是一个可耻的毛病，而且没有任何用处。真相早晚会被人发现。"

"没错，"胡萝卜须说，"但至少可以帮我暂时应付一阵子。"

八

费利克斯懒惰得很，他终于勉强从学校毕业了。

他舒服地伸了一个懒腰，长舒了一口气。

"你对做什么感兴趣？"勒皮克先生问他，"你这个年龄也该选一个职业，想想以后的出路了。你想干哪一行？"

"什么？你怎么又开始说这个了？"费利克斯说。

九

大家聚在一起快活地玩耍。

贝尔特小姐吸引了所有人的目光。

"她之所以能成为焦点，是因为有双蓝宝石般的大眼睛。"胡萝卜须说。

所有人都感叹道："你的说辞太美了！像诗人一般优雅！"

"啊！"胡萝卜须回答道，"我根本就没看她的眼睛。这不过是一种形容人的套路，用了修辞的手法罢了。我形容别的东西时也会这么说。"

十

打雪仗时，胡萝卜须可是一号响当当的人物。他的赫赫威名让所有人害怕不已，因为他会在雪球里藏上几块石头。

他会瞄准别人的脑袋，这样扔出去的雪球既快又准。

等到地上结了冰，大家都在溜冰时，他便自己在溜冰场旁的草地上开辟一条小冰道。

在玩跳马游戏时，他更愿意弯着腰当马，让别人从他背上跳过去。

在玩抓人游戏时，他总是任人摆布，一点儿也不在意被抓住。

在玩捉迷藏时，他也躲得非常好，以至于最后大家常常把他给忘了。

十一

孩子们互相比着身高。

一眼望去就可以发现，费利克斯鹤立鸡群，足足比其他人高出一个头。埃内斯蒂娜虽然是女孩子，个头却跟胡萝卜须差不多高。当姐姐踮起脚尖，想显得自己更高一点儿时，胡萝卜须就会讨姐姐开心，故意稍稍弯下身子，

好让两人的身高差更加明显。

十二

　　胡萝卜须给女仆阿珈特提过建议："你要是想讨我妈妈欢心,只需要在她面前说我的坏话就行。"
　　也许在平时,这法子很奏效,但凡事总有限度。有时,勒皮克夫人容不得别人说胡萝卜须一丁点儿不好。
　　她非常护犊子,根本不许除自己之外的其他人碰胡萝卜须一根手指头。
　　有一次,一个女邻居正在吓唬胡萝卜须,勒皮克夫人看到后大发雷霆,马上跑过去替儿子出头,这让胡萝卜须感激不已。
　　之后,她便对胡萝卜须说："好了,现在轮到咱俩好好算算账了。"

十三

　　小皮埃尔从小备受妈妈宠爱,于是胡萝卜须就问他："爱抚到底是什么意思?"
　　听了小皮埃尔的回答后,胡萝卜须大概明白了,他叫道："我呢,我只想能用手直接从盘子里拿炸土豆吃,再就是可以尽情吃桃子。"

他心想:"要是妈妈亲我几口表示爱抚,她肯定会从我的鼻子开始。"

十四

有时,费利克斯和埃内斯蒂娜玩腻了自己的玩具,会主动把它们借给胡萝卜须玩。这样,胡萝卜须通过分享他们的幸福,也适当地获得了属于自己的幸福。

因为害怕哥哥姐姐再把玩具要回去,所以他从来不会把内心的愉悦表现出来。

十五

胡萝卜须:"你难道没觉得我的耳朵长得太长了吗?"

玛蒂尔德:"我倒觉得你的耳朵很奇怪。要不你把耳朵借我用一下吧?我想往里面倒些沙子用来制作肉糜。"

胡萝卜须:"那要是妈妈把我的耳朵点着了,里面的肉糜就会煮烂了吧?"

十六

"你给我站住!把刚才的话再说一遍让我听听!我和你爸爸两个人里,

你更喜欢你爸爸，对吧？"无论何时何地，勒皮克夫人总会这样说。

"我就站在这里，什么也没说。我向你保证，其实你们两个我谁都不喜欢。"胡萝卜须心想。

十七

勒皮克夫人："胡萝卜须，你在干吗？"

胡萝卜须："我也不知道，妈妈。"

勒皮克夫人："也就是说，你又在做蠢事啦。你总是故意干这种事！"

胡萝卜须："我真是倒霉透了。"

十八

胡萝卜须以为妈妈在对他笑。于是，为了迎合妈妈，他也回了她一个微笑。

然而，勒皮克夫人却并不是在冲他笑，她只是在闲暇之时，莫名觉得好笑而已。不过，在看到胡萝卜须时，她的脸突然就黑了，黑木头般的脑袋上嵌着两颗黑加仑一样的眼睛。

胡萝卜须被吓得不知所措，想逃都不知道往哪儿逃好。

十九

"胡萝卜须,你笑的时候别发出声音行吗?就不能文雅一点儿吗?"勒皮克夫人说。

"而且人在哭的时候,应该想清楚自己为什么哭。"她补充道。

接下来,她继续说:"你到底要我怎么办才好?你这个人,就算挨一顿打也不会掉眼泪的。"

二十

她还说:"要是从空中掉下什么东西,或者地上有一团粪便,那绝对都是为他准备的。"

"他脑子里的那些好点子,经常就只是开了一个头,然后就没有下文了。"

"他可真是太骄傲了,总会通过各种方式博人眼球。"

二十一

胡萝卜须确实会这样,甚至会干出一些蠢事。有一次,为了让别人多关

注他，他找了一桶清水，把鼻子和嘴全都浸了进去。一名教士刚好从旁边路过，不小心把水桶踢翻了。虽然水桶被踢翻了，溅了教士一脚水，却间接救了胡萝卜须一命。

二十二

勒皮克夫人时而会对胡萝卜须说："你这孩子像我，不怎么调皮。其实你也不坏，只是脑袋有时转不过来，想不出新花样。"

可她时而又觉得，除非胡萝卜须被小乳猪吃掉，不然以后一定会出人头地的。

二十三

"倘若有一天，"胡萝卜须幻想，"有人送我一匹木马当新年礼物，就像费利克斯的木马那样，我肯定会立刻骑上它策马奔腾。"

二十四

出门在外时，胡萝卜须经常吹口哨，表现出一副对什么都满不在乎的样子。但只要他发现勒皮克夫人跟在身后，就立刻不吹了。那种感觉就像嘴里咬断了一只哨子，难受极了！

然而，他也不得不承认，只要自己开始抽泣，话都说不出来时，勒皮克夫人就懒得再管他了。

二十五

他在爸爸妈妈之间充当着纽带。勒皮克先生说："胡萝卜须，这件衬衫上掉了一颗纽扣。"

胡萝卜须就会拿着衬衫去找妈妈。勒皮克夫人说："傻瓜，还要我教你该怎么做吗？"

话虽如此，她还是拿出针线把纽扣缝上了。

二十六

"如果你爸爸不在家，"勒皮克夫人叫道，"我怕是早就遭了你的毒手！你保不准会拿刀朝我心窝子捅！"

二十七

"把你的鼻涕擦一下。"勒皮克夫人经常会这样提醒。

胡萝卜须总是用衣服的折边擦鼻涕，要是折边皱了，他会将它抹平。

当然，在他感冒时，勒皮克夫人会给他涂蜡烛，用蜡烛灸法治疗体虚感冒，弄得他浑身脏兮兮的。但就算这样，费利克斯和埃内斯蒂娜还是有些嫉妒他。

可勒皮克夫人故意对他说："其实说起来，感冒也未必是一件坏事，正好可以让你醒醒脑。"

二十八

从早上开始，勒皮克先生就一直在逗弄胡萝卜须。

胡萝卜须不知怎么回事，突然冒出一句大逆不道的话："笨蛋！让我一个人静一会儿！"

话音刚落，他便觉得周围的空气瞬间凝固了，眼睛里就要泛出泪花来。他支支吾吾地说不出话来，或许只要勒皮克先生做出一个手势，他就会立刻找个地缝钻进去。

但勒皮克先生朝他看了很久很久，竟没有做出任何手势。

二十九

埃内斯蒂娜马上就要结婚了。勒皮克夫人允许她和未婚夫一起散步，但前提条件是必须接受胡萝卜须的监视。

"你在前面走吧，蹦啊跳啊，随便你玩什么！"

于是，胡萝卜须跑到他们前面，像一条小狗一样不停地蹦蹦跳跳。但只要他稍不注意放慢了脚步，身后就传来轻轻的接吻声。

他咳了一声。

显然，这件事让他大受刺激。不知不觉中，他走到了村里的十字架前。他突然把帽子朝地上一摔，然后一边用脚踩，一边激动地大喊："难道就没有一个人是爱我的吗？"

就在这时，勒皮克夫人的身子从墙后探了出来。尽管她脸上挂着微笑，却让人有些不寒而栗。她不是聋子，显然已经听到了胡萝卜须刚才说的话。

胡萝卜须顿时慌了，赶忙补充了一句："当然，除了我的妈妈之外。"